Alicia Guerra

AQUI YACE

Paradiso de Novela
EDITORIAL ORÍGENES

1ª edición: Orígenes, 1992
Depósito Legal: M-1931-1992
I.S.B.N.: 84-7825-054-9

Imprime: GRAFICAS JUMA
         Plaza Ribadeo, 7 - I. 28029 MADRID

Instantes antes la azafata había anunciado la temperatura en tierra, sin embargo, el sol radiante que entraba por las venta nillas del avión les había hecho, inconscientemente, esperar un día primaveral. El brusco ataque del viento glacial, que barría la pista, les cogía por sorpresa y les obligaba a apresurar el paso.

Ana era una pasajera más entre los viajeros que se dirigían hacia el pequeño autobús, estacionado algunos metros más lejos.

Treinta años habían transcurrido desde que abandonó el país en tren, en tercera hasta la frontera. Sin billete de regreso. Treinta años sin volver a poner los pies en su país natal y el destino había querido que aterrizase, precisamente, en este pequeño aeropuerto, cientos de veces imaginado acodada en el alféizar de la ventana de su cuarto, mientras observaba minúsculos aviones cruzar lentamente el cielo, reducir la altura y desaparecer detrás de las colinas.

Diez quilómetros a vuelo de pájaro la separaban del campo de aterrizaje. Apenas veinte por carretera. La pobreza le había impedido franquear esta distancia. pero el ronroneo monótono y persistente de los viejos aviones había quedado asociado para siempre a sus inquietudes juveniles, a la melancolía de los crepúsculos invernales y a cierta dulzura de vivir.

El cielo, intensamente azul, parecía inmutable. Tal vez cien años después, doscientos, trescientos, continuaría azul. Incluso cuando ya no quedase ser humano para admirarlo, seguiría estúpidamente azul. Hubo días en los que este obstinado azul le parecía a Ana un escarnio, una burla cruel.

Antaño, el cielo había estado también a menudo gris. Gris azulón, gris perla, gris plomo. Lluvias torrenciales habían arrasado la región. El granizo devastó más de una vez las cosechas, el hielo quemó en varias ocasiones los naranjos... Su memoria olvidadiza, le traía sólo a la mente los mejores recuerdos: la luz cegadora, los jazmines, magnolios, palmeras, madreselvas y las alegrías de la adolescencia.

Ana había saboreado frecuentemente recuerdos idílicos, dejándose llevar por la nostalgia del paraíso perdido.

¿La familia imposible? Un pequeño accidente de recorrido. El telegrama había roto brutalmente la calma dominical y la obligada a hacer frente a la realidad.

"Tu madre ha muerto. Telefonéa. Familia Zurbano".

* * *

Los jardincillos y los numerosos taxis estacionados a la sombra de las palmeras crean la ilusión de haber aterrizado en una próspera ciudad, pero apenas el coche se aleja del aeropuerto, Ana ve desfilar por la ventanilla cobertizos siniestros, "viviendas protegidas" por fachadas decrépitas y techos erizados de antenas de televisión, fábricas anárquicamente desparramadas, palmeras secas y desgreñadas, vertederos.

Los viveros, huertas y jardines que rodeaban la ciudad han desaparecido. El desarrollo económico e industrial ha borrado las huellas del pasado.

* * *

La ciudad tampoco se parece en nada al recuerdo que guardaba de ella. El cielo se estrecha sobre las calles tortuosas, sucias, las fachadas se plañen de las injurias del tiempo y de los despiadados ataques de la humedad. Balaustradas y rejas oxidadas, persianas leprosas, toldos hechos jirones que el viento agita tristemente.

El jardín de la Plaza Mayor ha sido arrasado, asfaltado. Donde antes los paseantes hacían un alto, para contemplar las flores, leer el periódico, y ver desfilar la vida, estacionan cientos de coches. La ciudad de las flores se ha convertido en un animal híbrido, mitad basurero mitad parking.

Ana se estremece. Sabía que su memoria, algo tramposa, embellecía sus recuerdos, pero no imaginaba los destrozos que, asociados, podían hacer el tiempo y el progreso.

* * *

El taxi se deslizaba con facilidad por las estrechas calles, se para aquí y allí, siempre en vano:

Los hoteles de la ciudad están repletos, sin que los hoteleros puedan explicar el extraño fenómeno. No son fechas de congresos, ni de ferias, ni de fiestas... Ana se rinde poco a poco a la evidencia: una mujer aún de buen ver, sola... El progreso se traduce sólo en antenas de televisión, parkings, contaminación, una espesa capa de maquillaje mal extendida que *churretea*.

* * *

A medida que la mañana avanza, renuncia a su pretensiones. De cinco estrellas, desciende a cuatro, a tres... Total por una noche... ¿Por qué no el Hotel del Norte? En todas las ciudades hay un Hotel del Norte.

* * *

Recepción pretenciosa con mucha formica (imitación caoba), flores secas, lámparas y apliques murales dorados, alfombras floreadas... Todo ello aseado. Pero habitaciones sórdidas.

Visita una, dos... a la tercera se resigna, dice que de acuerdo, que le conviene. Aunque al ver la moqueta raída y sucia, las cortinas y cubrecama de percal estampado con dibujos cubistas, rojos, acules, amarillos y verdes, sobre fondo de suciedad, siente ganas de vomitar.

Al salir, unos instantes más tarde, el recepcionista le pregunta obsequioso cómo encuentra "la suite".

9

Ana duda unos segundos. ¿Se burla de ella?

No; serio, ceremonioso, la mano tendida, el hombre espera una respuesta halagadora y una propina sustanciosa.

Ana aprieta los labios furiosa al verse obligada a pasar la noche en este antro, pero, cobardemente, tiende un billete.

* * *

El taxi recorre de nuevo calles sombrías.

La temperatura ha subido varios grados desde que aterrizó, mas la atmósfera sigue siendo húmeda. Las casas no se secarán antes de la puesta del sol y al día siguiente, a pesar de la temperatura primaveral, la ciudad continuará rezumando humedad. esa misma humedad que traspasaba sus huesos, le producía extrañas y desagradables sensaciones de desconsuelo y provocaba cada noche discusiones idénticas.

—¡Ya vamos! —aseguraba Esperanza.

—¡Ahora mismito! —decía Ana.

—¡Ya vais, ya vais, pero no acabais de ir! —gruñía la madre desde su habitación.

—¡Cinco minutos más! —imploraba Esperanza, pegada al hornillo eléctrico que ocupaba, bajo las faldas de la mesa camilla, el lugar del antiguo brasero.

—La luz cuesta cara, —gritaba el padre, ya enfadado. —¡Claro que soy yo el que paga!

—¡Qué pesados! ¡Os digo que ya vamos! —contestaba Esperanza, irritada.

—¡Sois como los mochuelos! Voy, voy, voy, y nunca vais.

Agotadas todas las excusas posibles se deslizaban entre las sábanas empapadas y se dormían ateridas de frío.

* * *

Ha dudado mucho antes de venir. Su madre nunca sabrá si ha asistido o no a su entierro... Miedo a las reconciliaciones en torno a un ataúd. Pánico a cambiar el recuerdo de la madre viva por la imagen de un cadáver. Y sobre todo le repugnaba la idea de compartir el duelo.

* * *

El antiguo cementerio marítimo ha sido "remodelado". De las dos principales avenidas salen ahora otras avenidas, simétricas, donde sepulturas y nichos se alinean unos tras otros, a lo largo, a lo ancho, a lo alto, perfectamente ubicados para no desperdiciar un solo centímetro cuadrado.

Sobre las tumbas, las flores naturales han sido reemplazadas por grotescas flores de plástico, sin duda también para evitar el derroche.

El progreso, que en esta ciudad parece sinónimo de suciedad, no ha olvidado a los muertos. Las papeleras rebosan de flores secas, botellas de plástico y mondas de naranja y el viento arrastra papeles grasientos.

En medio de tanta fealdad se yerguen algunos cipreses, sombríos y magníficos, bañados por la nítida luz del indio verano.

La misma luz que alumbraba sus penas de adolescente y que hoy se desparrama sobre las lápidas en las que se lee: "Eternamente desconsolados"; "Te lloraremos siempre"; "Estarás siempre entre nosotros"; "Tu recuerdo no perecerá"... Luz transparente y cambiadiza, según el deseo del viento que arrastra algunos retazos de nubes; en el suelo, caprichoso y movedizo *patchwork*, hecho de sol y de sombra.

Una mujer enlutada, ensimismada ante una tumba. Su pena parece tan sincera que Ana se recoge unos instantes ante la lápida que cubre los restos de un desconocido. Una tumba u otra...

Vagabundea para retrasar el momento de reunirse con su familia. Recorre las avenidas solitarias, se detiene ante las tumbas, y para consolarse de cierta pena que aunque rechaza, la corroe solapadamente, se repite una y otra vez que hoy sólo entierran a una extraña. ¡Hace tantos años que se siente huérfana! Por fin, con el corazón cargado de escrúpulos, se resigna a regresar a la entrada del cementerio, donde se halla la "sala de exposición".

Es la hora de la verdad.

Lo que más miedo le da es el dejarse llevar por las sensaciones que la asaltan a cada instante; el mostrarse vulnerable. ¡Qué error tan grande haber vuelto a esta tierra que para ella fue una madrastra!

La situación es ideal para saldar cuentas con el pasado. Mañana recorrerá los viejos barrios donde creció, visitará la pequeña ciudad donde vivió adolescente. Con la madre enterrará su infancia.

* * *

Delante de la "sala de exposiciones" (una habitación sin ventanas, mal encalada y con el suelo de cemento) se agrupan algunas viejas, entre ellas la hermana mayor. Mal vestida, mal calzada, ojos porcinos subrayados por dos bolsas de grasa, cara abotargada, triple barbilla y pechos caídos que se apoyan tristemente sobre la curva de un abultado vientre.

Ana, que no tiene la lágrima fácil, solloza desconsolada, como un crío, ante una ruinosa Dolores, a la que recordaba joven aunque ya con pocos atractivos. Culo y pechos caidos, piel terrosa... La naturaleza no había mimado a la pobre, que se vengaba haciendo la vida imposible a sus hermanas menores más agraciadas.

Ana se encuentra repentinamente entre los brazos de aquella con la que había jurado no reconciliarse y que, aprovechando su pasajera debilidad, la aprisiona entre sus tentáculos.

La voz cascada de Dolores, dos tonos demasiado alta, hace que Ana vuelva al presente y se aleje de esa carne fofa.

Unos metros más allá, Esperanza llora ruidosamente.

También envejecida, también a ras de suelo y malsanamente gorda y fofa. Como la madre

Ana recupera su arrogancia habitual y se yergue altiva, como el padre. Como los cipreses del cementerio que hienden al cielo mientras les llega lentamente la muerte por asfixia.

A pesar de su impaciencia, de su deseo de librarse rápidamente del coro de plañideras, se deja llevar por un resto de ternura hacia Esperanza.

A pesar de ser la más joven de las hermanas siempre sintió algo de amor maternal por la desesperante Esperanza que, como de costumbre, ha olvidado coger un pañuelo y se suena estrepitosamente con un trozo de papel de cocina, floreado, que alguien le ha dado.

El rimel se corre alrededor de sus ojos, resbala sobre sus mejillas, forma surcos... Esperanza, Esperanza, ¿cómo se puede ser tan calamidad? La oscura sensación de observar el grupo, desde lejos, la embarga. Lejos y con ese terrible espíritu crítico suyo, que nunca la abandona.

* * *

Desde fuera observaba también a los suyos. Despiadadamente. ¿Por qué no pudo resignarse a ser una pobre más entre los pobres que la rodeaban?

La miseria la horrorizaba. Opinaba que ser pobre era un estado de espíritu. Una vocación casi.

El lujo la atrajo siempre.

Los padres, alarmados, habían intentado, en vano, amarrarla a la realidad.

—¿A qué realidad? —preguntaba, insolente, la adolescente. —¿A la de los pobres de espíritu?

—¡Ya bajarás de las nubes! ¡Menudo coscorrón vas a darte! —aseguraba la madre, deseando que Ana se rompiese la crisma al caer.

Con tal de que las hijas conservaran los pies en la tierra, la madre habría sido capaz de ponerles grilletes.

El único que se salvaba un poco del desprecio de Ana era el padre, que a pesar de su gusto por el fracaso, no conseguía camuflar cierta arrogancia y una salud insultante.

Es verdad que, influenciado por su mujer, condenaba severamente la vanidad, la ambición, la lujuria, la gula... La curva sensual de sus labios, la mirada amorosa que posaba sobre cada mujer que cruzaba en su camino, desmentían su ascetismo. En cuanto a su glotonería, la madre la disfrazaba de apetito voraz. "Un hombre de la talla de vuestro padre, necesita comer mucho". Mucho y lo mejor de la cas.

* * *

Esperanza deplora en voz alta que teniendo tres hijas la madre haya muerto sola, como un perro.

Ana, que teme que su hermana acabe culpa bilizándola (tal vez se sienta ya un poco culpable) y que se cree capaz de escribir un tratado sobre la soledad, piensa irritada que el destino de todos es vivir y morir solos.

Afortunadamente, por el momento, nadie hace caso a Esperanza.

Los presentes rodean a Ana y, con el pretexto de haberla conocido cuando aún llevaba pañales, la besuquean.

Ana contemporiza, se inclina para ofrecer sus mejillas a tantas bocas desdentadas y advierte, por primera vez, que también aborrece la vejez. Mas sólo hay una manera de evitarla: la muerte prematura.

Aún mostrándose amable, Ana logra mantener cierta distancia. Es algo innato, intimida a la gente y sabe sacar partido de ello. Aunque a veces haya sufrido el vacío que se crea automáticamente entre ella y los otros.

La llegada de Anita la alivia. Al fin puede sentirse humana.

La minúscula vieja se cuelga al cuello de Ana, lloriquea de emoción y de vejez.

Su madrina se repite como un disco rayado, se va por los cerros de Úbeda, chochea... Pero Ana continúa viendo en ella a la solterona enérgica y desabrida que camuflaba como podía la ternura hacia su ahijada, para no despertar envidias.

Mientras, a grito pelado reñía a toda la casa, un guiño malicioso tranquilizaba a Ana. Aún en los momentos de verdadera cólera (pocos), su mirada se encandilaba cuando se posaba sobre la niña. Ternura secreta, mútua y total confianza. ¿Engañaban a alguien con sus secretijos? No; la madre contabilizaba todas las manifestaciones de cariño de su hija hacia "la extraña".

La madre no soportaba que sus hijas quisiesen de puertas para afuera.

* * *

La asistencia es menos numerosa de lo que Ana había temido.

Muchas de las conocidas de la madre que habían asistido dos días antes a la misa de funerales, estimaban haber cumplido, sin necesidad de venir al entierro. Por otra parte los numerosos hermanos de la madre han pretextado los achaques de la vejez para ahorrarse los gastos del viaje.

Ana agradece profundamente tanta avaricia.

Esperanza no les perdonará nunca la ausencia.

Las amigas de la madren la observan con una curiosidad disfrazada de interés. ¡Los años que han tenido que esperar para echarle la vista encima! En realidad, aparte de los hermanos Zurbano y sus esposas, nadie conocía a la más "chica" de las hermanas, que irónicamente es la más grande de la familia, y que, finalmente, decepciona.

Ningún signo exterior de riqueza, —piensan atónitas—, ni joyas, ni pieles. Sólo el abrigo beige sobre un jersey y una falda del mismo color. Zapatos discretos, bolso de piel ordinaria y sin guantes.

Nada más verla se da uno cuenta de que no nada en la opulencia.

La muerta, que en paz descanse, era una fanfarrona. ¡Lo que presumía con sus tres hijas, diseminadas por esos mundos! ¡Tres hijas y haber muerto sola como un perro!

Ana lee el pensamiento de las comadres.

Su atuendo es sencillo adrede para no convertir el entierro de la madre en un espectáculo y para no quitar protagonismo a la muerta, que nunca soportó ser eclipsada. Tampoco ha querido molestarse en deslumbrar a estas pobres gentes incapaces de apreciar el corte del abrigo de cachemire y la elegancia de los zapatos que le han costado más de doscientos dólares.

Viéndola tan sencillamente vestida ni la madre se hubiera

15

atrevido a reprocharle su desmedido amor por las cosas caras. Inconscientemente se siente satisfecha de haber marcado un punto contra la difunta, pero acto seguido se reprocha, con amargura, su espíritu de revancha y su superficialidad.

La futilidad tiene la piel dura. Con frecuencia ha deseado ser diferente.

* * *

Dan las tres. La gente comienza a impacientarse. ¿Dónde demonios se han metido los sepultureros?

* * *

No lejos del cementerio, en una tasca de mala muerte, los enterradores buscan excusas a su retraso.

—"¿Dónde estaríamos si los entierros nos cortasen el apetito?"

Además aceptaron enterrar a la vieja a las dos, de mala gana, por no ponerse a discutir y prometiéndose, interiormente, no precipitar las cosas.

Es verdad que, teóricamente, en invierno trabajaban por las tardes de dos a cinco... Pero tras el café toman una copita, y otra, para darse ánimos, y luego viene la última, pagada por un amigo, y finalkmente el patrón de la tasca ofrece una ronda a sus mejores clientes.

Cada tarde vuelven al cementerio con la mirada vaga, la nariz y las mejillas encendidas, la lengua algo estropajosa y el paso incierto.

* * *

—"¡Es una verguenza!" —comentan indignadas las familias de los difuntos. Día tras día juran que van a denunciar el escándalo, pero, en cuanto el cadáver queda en el hoyo, olvidan su indignación.

Al día siguiente otras familias indignadas interpretan la misma escena en torno a otros cadáveres.

* * *

—"¡Anda ya!" —protestan los enterradores acodados en el mostrador de la tasca. "Por un poco más nos exigirán que compartiéramos el duelo". "¿Qué duelo, ni que niño muerto?" "El que más y el que menos sólo tien prisa por deshacerse del fiambre".

¡Pues no han visto cadáveres! Y familias desoladas. Y parientes menos desolados que incluso tenían que hacer un esfuerzo para ocultar su alegría. "La muerte es algo serio, tíos, hay que alegrarla como se pueda".

* * *

Esperanza se obstina. La madre no debería haber muerto sola.

Dolores, algo cortada y sin que su confusión pase desapercibida para Ana, intenta hacerla callar. Mas Esperanza, que detesta la hipocresía, dice que "de callarse nada". Justo antes de que llegase Ana estaban de acuerdo para hacerla responsable de la soledad de la madre. Ana, que no tiene hijos, debería haberla acogido en su casa.

—Cállate, por favor—, dice Dolores inquieta por la incisiva mirada de Ana.

—¡No me callaré! ¡Cartas boca arriba! Hay que vaciar el absceso.

"Vaya, —piensa Ana—, mis hermanas siguen creyéndose heroinas de un folletín".

¡Cartas boca arriba! —repite Esperanza, a quien sin duda le encanta la expresión.

—¡Cállate, por el amor de Dios! —suplica Dolores, que nunca creyó en el Altísimo.

"No se callará. Nunca se calló", —piensa Ana. Eso el lo

que la tranquiliza de esta hermana explosiva que dice cualquier cosa y no guarda nada para ella. O muy poco.

Que se hayan reconciliado a sus espensas no la extraña.

Todas las reconciliaciones entre sus hermanas, entre sus padres y hermanas, fueron siempre a su costa.

Y las reconciliaciones eran frecuentísimas en una casa en la que todo el mundo se subía a la parra por un "quítame allá esas pajas" y nadie medía el alcance de lo que decía. En los momentos de cólera todo estaba permitido, hasta los golpes más bajos. Los insultos volaban, las bofetadas también. Se acusaban de los peores crímenes, juraban no volver a hablarse, decían querer morir, deseaban la muerte de los otros.

Una manera como otra de aliviar las tensiones. Casi un juego. Sangriento. Un juego en el que Ana no quiso participar.

Así es como comenzó a alejarse de los suyos. La madre le reprochaba haberse ido huyéndoles. Ana rechazaba la acusación, sin convicción, para evitar escenas interminables. Pero es verdad que huyó de la familia.

Y de la pobreza sin esperanza.

En algunas casas fueron los padres los que se exiliaron, en la suya se aferraban a la miseria como si fuese un valor moral.

Huyó, pero mucho antes de que ella pusiera tierra entre ella y su familia, los suyos la obligaron a hacer banda aparte. Banda a uno.

Primero huyó a Francia, donde vivió feliz hasta que sus hermanas manifestaron el deseo de cruzar los Pirineos.

Inglaterra, Bélgica... Finalmente tuvo que cruzar el Atlántico con las dos hermanas pisándole los talones.

El mundo era un pañuelo, imposible escapar de la familia que la consideraba como algo de su propiedad.

A la distancia geográfica, añadió otras distancias, infranqueables.

* * *

—No vamos a reñir, con mamá de cuerpo presente, —dice Dolores.

Harta de oir los sempiternos reproches, y no queriendo discutir en público, Ana se encierra en el mutismo y vuelve la vista atrás con amargura, mientras Esperanza la acusa violentamente de haber causado la muerte de la madre.

—¡Basta ya! —ordena Anita, sacando fuerzas de flaqueza para defender a su ahijada.

Anita, que conoce mejor que nadie a Ana, a la que quiso como a una hija y a la que tuvo que renunciar para evitarle riñas y sinsabores, sabe que no es invulnerable.

Tenía tres años cuando la madre se la confió, seis cuando se la arrancó, asegurándole que podría ver a la niña cuando quisiera.

Pero la muerta se las arregló para alejar a la niña siempre que Anita venía a visitarles. ¡Cuántas veces sintió deseos de enviar a la mierda a toda la familia de Ana! Pero enfadarse con ellos suponía no volver a ver a su ahijada.

La distancia no les impidió quererse y comprenderse. Anita fue la única amiga de Ana durante la travesía del desierto, cuando la niña sentía , profundamente dolorida, que los padres no la querían. Al menos no como a sus otras hijas.

Era algo tan inverosímil, tan imposible, que Ana creía delirar. Habría que tener una imaginación calenturienta para dudar de una madre que parecía estar por encima de toda sospecha.

* * *

—Mi pequeña Ana, —dice la vieja afectuosamente para sacarla de su ensimismamiento—, no sabes la alegría que me da volver a verte.

Ana sonríe enternecida. ¡La de veces que ha planeado llevársela a vivir con ella! El proyecto era irrealizable. La madre se habría muerto de rabia.

Además, los suyos no la habrían soltado nunca. No es una cuestión de cariño, sino de educación. Anita cree, como todos, que las solteronas pertenecen a la familia.

A los hermanos abusones, que la han utilizado sin consideración y han roído sus economías sin escrúpulos. ¡Una vieja soltera tiene pocas necesidades! ¡Tampoco va a llevarse los cuatro chavos que tiene a la tumba!

A los sobrinos, que Anita ha criado, uno tras otro, que piensan no haber sacado todo el juego a la octogenaria y continúan utilizándola de niñera de sus hijos, de planchadora, cocinera y banquera. Las tías solteras sólo sirven para ser explotadas.

Anita y María (que durante años ganó el pan de la numerosísima familia) consiguieron vivir solas ya cincuentonas. Pero nunca tuvieron un momento de tranquilidad. Cuando no era un sobrino era otro, cuando no todos. Porque "al que Dios no da hijos el diablo le da sobrinos".

Ana nunca comulgó con aquello de "el que quiere la col quiere las hojas de alrededor", así que optó por querer a distancia. Lejos de las sobrinas sabihondas y vulgares, de los sobrinos gorrones, de las cuñadas catetas y resignadas a andar dos pasos detrás del marido.

* * *

Tres amigas de la madre llegan sin aliento. —¡Imposible venir antes! A estas horas hay poquísimos autobuses. Además la línea del cementerio deja mucho que desear. Lo hacen adrede, para obligarnos a coger un taxi. Bien saben ellos, que los días de entierro la gente no regatea.

Ana piensa aliviada que el problema del transporte va a distraer a todo el mundo, que podrá abstraerse unos instantes.

Pero los hermanos Zurbano aprovechan la ocasión para rodearla.

—Hija, ¿te acuerdas cuando venías a la cocina y me decías casi llorando —"me aburro"— y te veía tan triste que te preguntaba lo que te había disgustado y me contestabas que tenías "desficio"? Nunca supimos lo que querías decir con "desficio".

Ana sí. Poco más o menos. Pero le faltaban las palabras para expresar sus sentimientos: Tedio, tristeza, inquietud, desazón, todo bien mezclado.

—Lo único que podía ofrecerle era limpiar lentejas. ¡Había tan pocas distracciones en la casa!

Ninguna. Aparte de las lentejas, el contemplar los abalorios de la lámpara, que formaban flores maravillosas de todos los colores y desentonaban con la austeridad de la casa, y el acechar el ruido que venía de la escalera con la esperanza de que la madre viniese a buscarla.

—¿Te acuerdas cuando me pedías que escribiese tu nombre en un trozo de papel? Primero sólo te interesaba tu nombre, luego el nombre de las cosas. ¡Menuda lata nos dabas siempre detrás de nosotrso con un lápiz y un papel en la mano!

Así aprendió a leer. Gracias a las palabras que conseguía que unos y otros imprimiesen en los trozos de papel de estraza mendigados en la cocina.

—¡Cómo te gustaba venir al taller "a ayudarme"!, —dice María. Querías enhebrar agujas, hilvanar... Al final tenía que echarte porque revolucionabas a las chicas. Todas querían cogerte en brazos, jugar contigo, llevarte de paseo... Pero tú, muy seria, decías que preferías trabajar. ¡Y sólo tenías cuatro o cinco años!

—Siempre fue muy trabajadora, —dice Anita, con orgullo.

Ni la madre habría podido negarle esta cualidad.

—Eras un encanto. ¡Qué diferencia entre tú y tus hermanas! A todas las tuvimos en casa algunos días, y no pudimos soportarlas. ¡Jo, lo que nos hizo sufrir Esperanza! Me da igual que me oiga. Eso era más malo que el bicho que picó al tren, —recuerda Juanito. Se pasaba los días berreando y llamando a su madre. Nos daba patadas en la espinilla y se nos escapaba en cuanto encontraba la puerta abierta. Un día se te llevó sin que nos diesemos cuenta, de repente sonaron las sirenas y no había manera de echaros el guante.

—No quise irme al refugio sin tí, así que me pasé el bombardeo esperándote en casa, mientras Manuel y Juanito os buscaban por las calles, —dice Anita.

—Cuando acabó el bombardeo vino un cobrador de tranvías que había pillado a Esperanza agarrada a la trasera de su vehículo. Estábamos tan hartos de la fiera que dije a tu madre que o venía a buscarla o se la llevaba yo.

Juanito todavía no ha perdonado a Esperanza.

Verdad es que los dos tenían un genio de mil diablos.

¿Recuerdas cuando? ¿Y el día que? ¿Y el domingo en que? ¿Cómo hubiese podido olvidar el abandono de la madre, la ausencia de sus hermanas y el terror que los señores Zurbano, ya muy viejos (en aquella casa todos parecían viejos, los unos más que los otros, claro), la inspiraban? Los señores Zurbano eran autoritarios, severísimos, y toleraban mal la presencia de la pequeña intrusa, y, cuando creían que la niña no les oía, decían que la madre era una desahogada.

* * *

Tras una pequeña distracción Esperanza vuelve a su dolor y exige que quiten la tapa del feretro.

Dolores se opone con muchos aspavientos.

—¡Pero déjala descansar en paz! ¿Es que no puedes dejarla tranquila?

Cualquiera diría que hay riesgo de despertar a la muerta.

Ana, que esperaba ahorrarse el mal trago, pregunta, "¿por qué no?"

—¿No ves que se hace daño inutilmente? ¿No te parece mucho recochineo?

Violentos por esta nueva discusión entre hermanas, y guiados por el deseo de no volver a ver a la difunta, los asistentes salen discretamente del depósito de cadáveres.

—¡Es puro masoquismo!, —protesta Dolores.

—Aunque lo fuera, ¿y qué? —interroga tranquilamente Ana.

—Pues... —dice Dolores—, desazonada por la dura mirada de la hermana pequeña. Puro masoquismo, repite entre dientes, mientras que uno de los sobrinos de Anita desatornilla la tapa del ataúd.

Inclinada sobre el feretro Esperanza llora ruidosamente. "Antiestéticamente", piensa Ana irritada.

Pero la otra Ana, la más humana, grita que se deje de sandeces. ¿Es la muerte estética?

—Déjadme sola, —exige Esperanza. Es mi duelo, no os pido que lo compartais.

El reproche es tan violento que Dolores, que no ha manifestado la intención de acercarse al ataúd, aprovecha la cólera de su hermana para unirse al cortejo.

—Es mejor evitar discusiones, —dice hipócritamente. ¿Qué van a pensar las amigas de mamá?

Ana retarda lo más posible el momento de ver el cadáver de su genitriz. Genitriz... Qué mal suela la palabra. ¡Cuánto rencor condensan las tres sílabas!

Al fin da un paso, de mala gana, hacia el feretro. Otro. Uno más y se encontrará delante de la horrible visión de lo que ya no es.

Aunque profundamente emocionada a su pesar, con mirada despiadada, fotografía hasta el último detalle. Piel marmorea, labios amoratados, manos cruzadas en actitud de plegaria, gesto de lo más insólito en la padre. ¡Parece tan minúscula e inofensiva! La muerte le ha devuelto la inocencia.

Pero el pantalón de la difunta, negro, tien reflejos pardos, a la blusa, de poliester, le falta un botón, y alguien ha olvidado en el ataúd una insólita botella de plástico.

* * *

De repente Ana siente un imperioso deseo de quedarse a solas con la madre, de hablar con ella largo y tendido. Decirle todo lo que nunca le dijo. Enumerarle todas sus quejas... "¡Bonita revancha!" dice con desprecio la otra Ana, pero la verdadera Ana se hace la sorda. Aunque ¿cuál de las dos Anas es la verdadera? En fin, la que ocupa siempre el primer plano de la escena quisiera contar a la madre sus penas de niña. Hablarle de su inmensa tristeza cuando la madre repartía golosinas y se olvidaba de ella. Su desesperación viendo pasar los días sin llegar a establecer el diálogo con la que quería apasionadamente a pesar de su autoritarismo. "Mano de acero en guante de terciopelo" era su divisa. Su desamparo cuando la veía alejarse en trenes que no sabía ni donde iban, ni cuando volverían, ni si regresarían, puesto que los guerrilleros hacían saltar muchos de ellos. Su inmensa congoja cuando, aplastada la frente contra el cristal que la separaba del andén (la madre decía que era inútil derrochar el precio de un billete de andén) reprimía las lágrimas para dar gusto a la viajera que exigía de ella que fuese la más razonable de las hijas. Como los celos la roían cuando la madre se inclinaba hacia otros niños, que ni siquiera eran suyos, para besarlos tiernamente. ¡Tanta ternura sembrada a los cuatro vientos! Mientras, hambrienta de todo, Ana esperaba pacientemente que la madre se diese cuenta de que ella estaba a su lado. ¡La infiel! ¡La ingrata! ¡La traidora!

Incluso cuando la madre se divertía cambiando los pañales al "pepón" (un regalo de Reyes para Ana que había obtenido notas excelentes), la niña sentía deseos de llorar. Acabó detestando aquel muñeco, que tanto había deseado, con el que la madre jugaba a ser mamá, olvidando tener varias hijas, y se sintió abandonada por aquella que la ignoraba.

* * *

Los llantos de Esperanza la arrancan de sus amargas reflexiones. Maternalmente pasa el brazo por la espalda de su hermana, la atrae hacia ella. Su emoción es tan sincera que ni siquiera se crispa al contacto del abrigo acrílico, imitación de piel. Sintiendo que no intentan distraer su pena, Esperanza baja un poco la guardia y llora desesperadamente reclinada sobre Ana, que se averguenza de tener un corazón tan seco.

Sobre todo con los suyos, ¿por qué diablos no aceptarlos como eran? Es una especie de incompatibilidad que nunca pudo superar.

De repente Esperanza pide que quiten también la tapa de cristal que la separa de la madre.

Los asistentes, que empiezan a estar hartos de este entierro, que parece el cuento de nunca acabar, manifiestan en silencio su desaprobación, y Dolores asegura, con su voz de cascajo, que la cosa pasa de castaño oscuro y que es un sacrilegio.

Ana se pregunta si estará obligada a besar a la muerta. Absorta en sus aprensiones, sólo oye el rumor confuso de la discusión, hasta que Dolores sube el tono, la saca de su ensimismamiento y, sin darse siquiera cuenta, ordena a la hermana mayor de deje de decir imbecilidades.

—Es un sacrilegio, —repite Dolores, falsamente escandalizada y ya menos segura de sí misma. Un sacri...

La mirada glacial de Ana la enmudece.

—¿Por qué no? —dice Ana tan serenamente que nadie podría intuir su agitación interna.

El tono de Ana no admite réplica. Todos se inclinan ante la voluntad de la "extranjera", igual que se plegaban a los antojos de la muerta, y el sobrino complaciente, que ha sostenido en todo momento a Esperanza, desatornilla la segunda tapa, ante la consternada mirada de los presentes.

—Nada te obliga a mirar, —dice Ana en tono indescifrable.

Dolores, que conoce de memoria a su hermana, siente apuntar en la voz el sarcasmo y el desprecio.

—No podría, aunque quisiera... es superior a mis fuerzas... —se queja Dolores, a sabiendas de que Ana no se dejará enternecer. Hace tres días que no duermo... me siento mal... ¡Me voy a desmayar! ¡Aire! ¡Un poco de aire, por favor!

—Eso es, —dice Ana, siempre inescrutable, ve a tomar el aire.

Dolores no se hace rogar y se "arrastra", como puede, hacia la puerta.

Un puñado de personas contemplan a la muerta. Los hermanos Zurbano, las esposas, hijos, nueras, y yernos de estos, dos vecinas, tres compañeras de bridge...

"Cuatro gatos" —rumía Esperanza con amargura.

"Una multitud", —piensa Ana, que ha dado su cuerpo a la ciencia. Apenas muerta comenzará el desguace.

(En realidad no lo ha legado sólo por amor a la ciencia y al prójimo, sino más bien para no dejar tras de sí un cadáver engorroso.)

—¡Pero qué guapa está!, —dice con admiración una de las vecinas.

—Más que nunca, —asegura otra.

—No parece muerta.

—Diríase que duerme.

25

—¡Qué pérdida tan grande!

—Los mejores son los primeros en irse.

—Ya puedce decirlo. ¡Pensar que sólo hace una semana la encontré en la calle! Iba, como siempre, deprisa y corriendo.

—Es que se conservaba maravillosamente.

—Vista por detrás parecía jovencísima.

—¡Una chavala!

Ana cierra los ojos para vencer el vértigo provocado por tanta imbecilidad.

—¿Verdad que está guapísima?

¿Cómo pueden encontrar guapa a este pellejo? La madre fue siempre gorda, un montón de sebo; dos años antes había adelgazado más de treinta kilos y desde entonces, la piel, súbitamente desamparada, colgaba tanto por todas partes que daba asco.

—¡Que Dios la acoja en su seno!

—De eso no hay duda. Si ella no entra derechita en el cielo nos quedamos todos en la puerta!

La muerta se habría partido de risa oyendo tantas majaderías. O tal vez, muy seria, habría seguido la corriente, para ver hasta donde llegaba la idiotez de los presentes. La madre era un pozo sin fondo. Se quedaba con todos, a todos ridiculizaba, y nadie se dio nunca cuenta de su doblez.

Salvo Ana, a quien la falsedad de la madre, su guasa sutil, le fascinaba e inquietaba. Hoy mismo siente como si la aparente inocencia de la muerta fuese una burla más. Sin embargo yace inmóvil, indefensa. Esa frente serena ya no tendrá más un mal pensamiento. Esos ojos cerrados ya no escrutarán inquisitivamente.

Y a pesar de todo tiene que hacer un esfuerzo para no gritar: ¡Vuelve madre! ¡Vuelve!

* * *

Poco a poco, los presentes abandonan el tanatorio; Ana les sigue resignada a comportarse como la madre lo habría queri-

26

do. Apenas pone los pies fuera, todos la rodean dejando a Dolores sola y despechada. Furiosa.

¿Cómo se las arregla para acaparar el interés? ¿Por qué fascina a todo el mundo? ¿Y por qué la consideran la única extranjera de la familia? Esperanza y ella abandonaron el país y han recorrido varios continentes. ¡Pero la única que goza del prestigio de haber visto mucho mundo es Ana!

* * *

Veinticuatro horas antes Ana estaba al otro lado del charco, en el Eldorado con el que todos soñaron durante su miserable juventud. ¡Pensar que ha volado hasta París en el Concorde! ¡Jesús, qué valentía! Yo no me hubiese atrevido. ¿Es verdad que el Concorde vuela a más de veinte mil metros de altura? ¡Por nada del mundo subiría yo en ese trasto! En caso de accidente no quedarían ni las migas de los pasajeros que nunca reposarían en un Campo Santo.

—Para mí, que es una invención del diablo, —dice ingénuamente Anita.

Una de las cuñadas añade que, en efecto, esa invención no parece muy católica. A Dios no puede agradarle que la gente suba tan alto; que le rasquen las tripas. Mas, una de las sobrinas, la más lista, tacha a sus tíos y padres de anticuados. Están seniles. El Concorde es el progreso. ¿Miedo de qué? Ella ya ha sobrevolado la ciudad en helicóptero y lo pasó bomba. Lo que siente es haber ido a París en autocar, porque salía más barato. Una pena. De los ocho días que duró el viaje pasó cuatro en carretera.

Agotado el tema, el interés vuelve a centrarse en Ana, plato de resistencia del entierro.

Emocionados, Juanito, Manuel, Carlos María y Anita, intentan ordenar sus recuerdos. Paradójicamente, lo que mejor rememoran son los años más lejanos, y sólo están de acuerdo en que Ana no ha cambiado. Sigue estando tan segura de sí misma, conserva el mismo carácter igual y conciliador, a el mismo

27

cuerpo escultural de sus veinte años. Cualquier cosa que se pusiera le sentaba de maravilla.

Olvidan que le reprochaban estar flaca e intentaban cebarla. Para animarla a comer le ponían como ejemplo a "la pequeña" de la familia. La pequeña de entonces. Rubia, sonrosada y redonda.

—Siempre tan seria y ponderada, tan diferente a sus hermanas...

—¿Os acordáis de la "pequeña"?

Ana estaba segura de que la desenterrarían.

—¡Qué graciosa era! ¡Qué simpática!

—Era una tramposa, mentía tanto como respiraba, y a pesar de todo era irresistible.

—No se podía confiar en ella, pero ¡con qué gracia nos sacaba los cuartos!

Como la madre.

¡Con tal de que, tras exhumar a la hermana muerta cuarenta años antes, no desentierren también al padre!

Por fortuna, volubles, todos enumeran súbitamente las veces que estuvieron a punto de estirar la pata.

Anita, la pobre, atropellada por una moto. A Juanito el corazón le ha dado ya varios sustos. María sigue con sus achaques... Están hechos unos trastos. La edad.

—Cuando se llega a viejo y nada funciona, debería uno morirse para hacer sitio a los jóvenes, —asegura María, que se aferra como una desesperada a la vida.

—La diñamos cuando nos llega la hora y cuando Dios quiere, no antes, —dice Anita.

Si la gente se muriese cuando quisiera, aparte los suicidas de siempre, no se moriría ni Dios, —piensa Ana—, dividida entre la irritación y la ternura que su madrina despierta en ella.

Los menos viejos hacen como si las gilipolladas de los mayores les interesasen, pero esperan con impaciencia que les dejen meter baza, y contar sus propias experiencias ante la amenaza de la muerte. ¿Quién no se ha llevado un susto en la vida?

La sobrina lista que no se anda por las ramas, explota al fin:

—¡Anda tía, que nos conocemos el rollo! ¿No vas a contarnos a nosotros lo que pasó verdaderamente con la moto? ¡Ni te rozó!

—¿Cómo que no? —protesta Anita— con vehemencia. Me tiró al suelo y durante muchos días me resentí del golpe. ¿Verdad María que tuve vértigos?

—A tu edad todo el mundo tiene cosas raras —dice la sobrina que ha sobrevolado la ciudad.

—No fue a tí a quien tiró la moto —añade su sobrino, sino a tu vecina.

—Ibamos juntas y la moto me arrancó el cesto que llevaba lleno de naranjas que rodaron por el suelo. ¡Había naranjas por todas partes!

—Es verdad, —interviene la cuñada.

—Todo el mundo corría detrás de las dichosas naranjas, —se queja Anita, nadie se ocupaba de mí. Me hubiese podido morir sin que se diesen cuenta. Me puse blanca como un lienzo y me entró una flojera que me caí redonda. Lo de los vértigos duró meses y los médicos nunca encontraron la causa.

—¡No sabes lo que cuentas! Desbarras, tía.

Ana hace como si le interesase mucho lo que se dice a su alrededor, a todos da muestras de simpatía y la oportunidad de soltar su parrafada, porque todos tienen algo que contar a la extranjera.

La madre no habría hecho mejor las cosas.

—El día antes de su deceso —dice una vecina, tu madre pasó a verme cuando volvía de la peluquería.

La muerta era coquetísima, no se descuidaba. Todas las semanas iba al peluquero. —¡Qué va! ¡Si hasta se teñía el pelo en casa!— Es verdad, a la peluquería sólo iba de Pascuas a Ramos. —¡Yo os digo que iba muy a menudo! ¡Si lo sabré yo, que una de mis sobrinas trabaja donde la peinaban!

—En todo caso, ese día venía de la peluquería, —toma el hilo la vecina. Eso nadie puede discutírmelo.

—Es verdad, —corrobora Anita, pasó por casa a la ida.

—No sabía lo que tenía, se sentía pachucha, pensaba que le había caído mal el pollo de medio día.

—En cuanto llegó a su casa me llamó —interviene Anita.

Dijo que no andaba muy bien, pero que no me molestase en ir a verla. Se iba a hacer una tisana y si no mejoraba quizá llamaría al médico. No quise dejarla sola y fui a pasar un rato con ella. Por la noche estaba un poco mejor, pero no muy bien. — "Voy a llamar al médico"—, —digo yo— y ella dice que no vale la pena; —"que sí, mujer, que para eso están". Finalmente me salí con la mía y llamé a nuestro médico de siempre. —¡Tienes que conocer a Don José! ¡Un señor con la nariz muy larga y el pelo muy blanco...! Igual lo tenía negro cuando te fuiste... Si lo vieses te acordarías de él. ¡Fue él el que te cuidó cuando tuviste el sarampión! Bueno, pues Don José dijo que sólo era una mala digestión, que al día siguiente todo iría bien. A pesar de todo me quedé a pasar la noche con ella y durmió como una bendita. Pero por la mañana dijo que se encontraba rara. Desayunó en la cama un poco de malta con sacarina y leche de almendras, porque la pobre llevaba un régimen severísimo. Ni azúcar, ni café, ni grasa, ni alcohol, ni pasteles... Sólo verduritas, pescadito cocido, pollo... Desayunó bien, pero seguía encontrándose pachucha. También estaba preocupada, porque al día siguiente se iba a Bélgica, y meterse en líos de autobuses no sintiéndose bien... Precisamente, había ido a la peluquería porque decía que en Bélgica la clavaban. Fue sólo para que le hicieran las raíces; normalmente se hacía ella misma hasta las permanentes. El caso es, —explica Anita— que ha contado las últimas horas de la vida de la muerta más de cien veces —que no es que estuviese mal, pero tampoco estaba bien. Pero no era quejica, y como hacía un día espléndido me dijo; —"no te quedes encerrada, ve a tomar el sol en la terraza". Salí un poquito para no contrariarla. Antes enchufé la radio y le dí algunas revistas. Apenas llevaba unos minutos en la terraza cuando me llamó para preguntarme porque se había oscurecido el cielo. ¿Habían anunciado algún eclipse? Me quedé de piedra, porque hacía un sol... Luego dijo tener mal sabor de boca y frío. Le puse otra manta, se quejó de que pesaba mucho y de que no sentía las piernas. Y que encendiese la luz, que no quería quedarse a oscuras. Me asusté y llamé corriendo al médico. No a Don José, que se había ido de caza, sino al joven. En fin, joven con relación al otro, ya debe de tener más de sesenta años. Colgué el teléfono, volví a la habitación y la encontré desencajada y agitada; se quejaba de que los brazos le pesaban mucho y me pidió otra vez que encendiese la luz. Al cabo de unos diez minutos se quedó como postrada... ¡Y de repente me dí cuenta de que estaba muerta! Se murió como un pajarito, sin decir ni pío.

Enérgica y decidida a hacerse oir, interviene la sobrina que ha sobrevolado la ciudad.

Fue ella la que envió los telegramas. El de Ana salió un día más tarde porque nadie tenía su dirección. Felizmente llegó una carta suya con remite, de lo contrario no habrían podido prevenirla. Fue ella la que puso orden en los papeles de la madre y encontró la póliza que cubre los gastos del entierro. Todos creían que Dolores, que vive en Madrid, llegaría la primera, pero llegó esta mañana porque no había plazas en el avión. Así que, al final, ha venido en tren con toda su familia. ¡Qué raro que en tres días no haya encontrado sitio en un avión! ¿Y para qué ha traido a su marido y a sus dos hijos, si no iban a venir al entierro?

A Ana también le cuesta creer que no haya conseguido un pasaje de avión... Dolores es tan avara...

También le extraña que haya venido con su tribu. —¿Qué prepara Dolores?— se pregunta intrigada.

—Al lado del cheque y de la póliza había un sobre con más de doscientas mil pesetas. ¡Qué disparate, guardar tanto dinero en casa! ¡Es una locura! ¡Estos viejos hacen unas cosas tan raras!

¿Para el viaje? —se interroga Ana extrañada.

—Un talonario de cheques; tu madre tenía una cuenta conjunta con Esperanza, y un cheque a nombre de Dolores.

La madre no había cambiado, ¿desvalijaba a Esperanza en beneficio de Dolores? —se pregunta Ana con amargura.

—Dolores me ha pedido el dinero y como no sabía qué hacer con él... Además, Esperanza no quiere oir hablar de cosas prácticas y tu no estabas aquí...

Si que estaba, en el cementerio, esperando que abriesen "la sala de exposiciones".

Esperanza no quiere oir hablar de dinero y Dolores no pierde nunca la brújula.

Todo sigue igual.

—Le he dado hasta el último céntimo y la cuenta de todos los gastos que han hecho mis tías, porque los del seguro todavía no han soltado un céntimo. ¡Dios sabe cuando pagarán!

—Igual encuentran la manera de no pagar —dice una vecina. Otra añade que el escándalo dura desde hace años, pero nada desanima a la gente a pagar su entierro por adelantado. La muerta, por ejemplo, que Dios la guarde en su seno, ha pagado durante treinta años su entierro.

"Cuarenta", —rectifica Ana, mentalmente.

—¡De primera! ¡Pero Dios sabe lo que desembolsará la compañía de seguros! Están de acuerdo; lo del seguro de entierro es casi un timo. A la hora de la verdad la compañía se hace la remolona, se niega a pagar más de un coche para el cortejo y sólo pone una corona. ¡Economizan hasta en los cirios!

—Mis tías han pagado 200.000 pesetas en total. ¡Anda que no cuesta caro estirar la pata!

—Hoy día todo es caro —dice una de las compañeras de bridge de la madre.

—¡Por una vez que le entierran a uno, tampoco se va a escatimar!

—Es verdad que sólo se muere uno una vez —dice alguien sorprendido por el descubrimiento.

—El altar mayor estaba enteramente cubierto de flores y pusimos tantos cirios que había tanta luz en la nave como en la calle.

Mientras su hija da detalles prácticos, Juanito, desconsolado, deja correr las lágrimas por sus mejillas mal afeitadas. Con la muerta desaparecen todos sus sueños de juventud. ¡La ha querido durante más de medio siglo! Como un loco. Desesperadamente. Pero la muerta quería obstinadamente al cantamañanas de su marido. ¡Qué no hubiera hecho por él! ¡Y que no tenía cuento el tío! ¡Mucha labia, mucha prestancia, eso sí! ¡Y una aversión terrible al trabajo! Faldero, putero, inconsciente y mal padre. ¡La muerta sólo vivía para él! Así va el mundo, requeando. Al final tuvo que resignarse y casarse, ya muy tardiamente, con alguien a quien nunca quiso. Una buena mujer, eso sí. Sin más.

Viéndole tan acongojado, Ana adivina súbitamente el drama de este matrimonio. Él obsesionado por la madre que, discretamente, coqueteaba y sembraba sutilmente la discordia en la pareja, mientras día tras día, la esposa resignada, que andaba siempre tres pasos detrás del marido, veía desvanecerse sus esperanzas de ganarse el corazón del viejo adolescente.

La madre iba a casa del matrimonio cuando quería, sin avisar, se instalaba en el mejor sillón para conversar con los hombres y resolver los problemas mundiales. Política, economía, ningún tema le asustaba. Y los hombres quedaban boquiabiertos ante tanta inteligencia y tanta cultura.

¡Pobre gente! A la madre la cultura le venía del Reader's Diget.

¿Qué podía hacer la esposa, que apenas sabía leer, sino eclipsarse? Hacer de tripas corazón y afanarse delante del fogón.

Ana ha encontrado la pieza del rompecabezas que le permite reconstruir la historia. Ahora comprende por qué Juanito, al que la madre estafó en varias ocasiones, nunca consiguió enfadarse con ella, aunque dejaran de hablarse durante años. Lo que no comprende es por qué entre las hermanas escogió dar su ternura a ella, vivo retrato del rival. ¿Por qué no se encariñó con "la pequeña" que era la copia exacta de la madre? El inconsciente tiene razones que el consciente ignora.

* * *

Ver llorar al marido deja a la esposa resignada sin ánimos de regocijarse. Ella que ha esperado pacientemente este momento, que tardó tanto en llegar, y que llega demasiado tarde. Un poco más y es al marido al que entierran... Pensó que con los años las cosas se irían arreglando, pero la prematura viudez de la muerte echó a rodar todas sus esperanzas.

La difunta presidía todas las fiestas de la familia, en las que se reunían cuatro generaciones liadas por una intimidad casi insoportable.

La esposa de Rafael, el sobrino que ha desatornillado las dos tapas del ataúd, podría decir también algo sobre esta forzada intimidad. Los Zurbano vivían en rebaño y no toleraban que ninguna oveja se descarriase.

¡Lo que costó convencer al marido para que comprase un piso en la otra cera de la calle, justo enfrente del inmueble en el que vivían los abuelos, los padres, las tías, los tíos, los sobrinos... ¡y creyó ganada la partida!

Apenas instalados en el nuevo piso, los suegros compraron el piso vecino, y las tías el de arriba, y los abuelos la planta baja (para no subir escaleras) otro tío compró el ático... En un abrir y cerrar de ojos la familia entera cruzó la calle.

¡Henos de nuevo reunidos!

* * *

La sobrina sabihonda repite que ha dado las cuentas, con recibos detallados, a Dolores, que se arreglen entre hermanas. —"Yo me lavo las manos".

Dolores que, en ese preciso momento, ha decidido acercarse al grupo, oye las últimas frases, y, muy discretamente, desanda lo andado.

* * *

—Dos días antes habíamos jugado al bridge. ¡No somos nada!

—Las partidas de cartas eran media vida para tu pobre madre. Hay que ver lo que le gustaban.

¿Jugar a las cartas, o hacer trampas? —piensa Ana casi divertida. Este era uno de los aspectos que más le gustaba de la madre. Tan seria, tan bien educada, ¿quién hubiese imaginado que era una tramposa redomada? Sus compañeras de bridge ni se habían enterado.

—Nos reíamos mucho con ella, era saladísima. Siempre estaba alegre, la pobrecita.

—Llevaba la alegría con ella.

Lástima que nunca intentase alegrar la vida de sus hijas. De puertas para dentro la madre era otra.

—No sé si os dais cuenta de lo que habeis perdido. La "pobreta" sólo pensaba en vuestra felicidad.

Por desgracia, tenía una idea muy precisa de lo que era la felicidad y no retrocedía ante nada para imponerla a sus hijas. "¿Se paren hijos para verles malvivir? ¿Cómo podría permanecer impasible viéndoos correr hacia el fracaso?" Antes prefería amarrarlas que dejarles correr el riesgo de llevarse un coscorrón.

* * *

Al fin, Dolores consigue acaparar a uno de los sobrinos para quejarse de Esperanza. Tan excesiva... tan... bueno siempre estuvo un poco... fue sonámbula de pequeña. Por nada cogía rabietas de miedo y, más tarde, le daban crísis de nervios. También hizo varias tentativas de suicidio... ¿para qué andarse con rodeos? La pobre está bastante desequilibrada, es una pena, pero...

Ana tiende el oido un instante, atraviesa con la vista a la hermana, que se encoge dentro del abrigo raido, mal cortado y que apesta a naftalina.

¡Ana es la más chiflada de la familia! Le es imposible olvidar que juró matarla "cuando fuera grande" y que, ya adolescente, por poco si cumple el juramento.

* * *

Solas en casa. Frente a frente. ¿Cómo se atrevió a meterse con ella? Por costumbre, por inconsciencia.

De repente, las facciones de la hermana se endurecen, la ve acercarse, poco a poco, a cámara lenta, como en las pesadillas. Crecer, crecer, doblar el tamaño. Fría, resuelta, un deseo homicida, en la mirada. Paso a paso, hasta acorralarla contra la pared. Levanta una mano y la deja caer, una y otra vez. Sistemáticamente, como si estuviese ejecutando cualquier tarea doméstica. Con método, como hacía todo, concienzudamente.

Inexorable. Indiferente a los gritos de Dolores que implora clemencia, jura no hacer nunca más algo que pueda desagradar a la loca, pide socorro, aulla aterrada, invoca al cielo, a la Santa Virgen... sin esperanzas de salir viva de la aventura. Los padres se han ido de paseo, dejándola a merced de la fiera, y los vecinos están tan acostumbrados a oirles gritar, y reñir... ¡Nadie vendrá a ver qué pasa, y mucho menos a defenderla! Todos la envidian, porque es la más educada y la más inteligente del barrio.

Súbitamente, la enemiga deja caer los brazos desanimada, dice una sandez. Algo así como —''¿qué placer vengarse de una babosa?''

¡Uf! El peligro había pasado. ¡Qué gilipollas la hermana! Dolores, en su lugar, no habría perdonado.

El alivio fue tan grande, se sintió, de repente, tan segura de ella, que hasta se atrevió a decir con sorna: —''te faltan reaños''.

Pasado el susto, hizo daño a Ana siempre que ésta se puso a tiro. ¡Pero jamás se quedó a solas con ella! Nunca se sabe lo que puede pasar con los locos.

Bueno, era triste, pero toda su familia estaba loca. Sobre todo la que yacía de cuerpo presente. Suponiendo que fuese su madre. Siempre lo dudó. Ella tiene demasiada clase para pertenecer a esta familia de desgraciados.

.* * *

''¿Qué tiene Ana que no tenga yo?'', se pregunta Dolores mortificada, y decidida a entablar la batalla, y a ganarla, se llena los pulmones de aire y pregunta a la ronda:

—¿No oís a esa loca? ¿Es que os parece normal tanto aspaviento?

—Déjala llorar, dice Rafael.

—¿No puedes dejarla en paz?, pregunta Juanito que detesta a Dolores, de siempre.

¿Por qué era la preferida del padre?

—Pero, en fin...

Pierde terreno. Todos están contra ella. La envidian.

—¡Se va a poner enferma!

—¿Te incumbe? pregunta fríamente Ana.

¡Lo que daría Ana por no sentirse ajena a este entierro! Incapaz de vivir el duelo a fondo se siente privada de algo. Amputada de su sufrimiento.

La madre decía que era una desalmada. "¿Sufrir tú? ¡Imposible, hija! Para sufrir hay que querer y no quieres a nadie. Sólo a ti misma.

¿Y si fuese verdad?

* * *

Mientras, algunos metros más lejos yace la madre y Esperanza llora desconsoladamente, ella ejerce de anfitriona y escucha, educadamente, las sandeces que los unos y los otros dicen sobre la desaparecida. Un cadáver exquisito.

De compadecer a la muerta pasan a hablar cada cual de sus problemas y agotado el tema la hacen hablar, y ella habla como si se encontrase en una velada mundana.

La asistencia se maravilla. Cuánta cultura, cuánta labia. ¿Verdad que se parece a la madre? ¡Y cómo! ¡Es la madre, calcadita!

¡Sandeces! Pero no puede evitar extremecerse oyendo que la comparan con la difunta. ¡Qué horror! ¡Es imposible! La madre, que le reprochaba, sobre todo, no parecerse a ella, se habría dado cuenta.

* * *

Las familias de los muertos que deben ser enterrados esa tarde se van agrupando. Son ya las cuatro, los sepultureros no dan señales de vida. El entierro de la madre estaba previsto para las dos. El del hermano para las dos y media. El del tío para las tres.

¡No, si hacen lo que les da la gana! Aprovechan que estamos apenados y que no es un día para armar broncas. De todas maneras no pueden cambiar de cementerio. Con tal de que no estén emborrachándose. Alguien que ha asistido recientemente a otro entierro, entre estas mismas murallas, asegura que vendrán "piripis". ¡Una verdadera vergüenza! ¿Y qué se puede hacer?

Ana aprovecha que la han olvidado, para volver junto a Esperanza, que llora haciendo muecas tan grotescas que casi dan ganas de reir.

—¡Sola como un perro! Ha muerto sola.

Y aún sabiendo que es inútil hacerla razonar, Ana le hace observar que Anita estaba junto a ella... y, según todos los cálculos de probabilidades, la madre debía morir lejos de sus hijas, puesto que nunca aceptó ocupar un segundo lugar en una casa.

—¿Por qué un segundo lugar? pregunta Esperanza como picada por una avispa.

—Porque es ley de vida. Ella gobernó en su casa, nosotras tenemos que gobernar en la nuestra.

—¿Por qué no dejarle llevar las riendas hasta el final?

"La pobre está como un cencerro", —piensa Ana. Aunque comprende la pena de Esperanza, que siempre estuvo desmedidamente apegada a la madre y ese cariño exagerado, ha hecho de ella una vieja pueril.

Encima, la pobre ingénua aprovechó un error en su acta de nacimiento para quitarse diez años y, a pesar de que el tiempo la ha maltratado más que a las mujeres de su edad, sigue vistiéndose como una jovenzuela. Mini-falda, volantes, cuellos de colegiala...

La caridad impide a Ana recordar a la incorregible idiota que, durante sus "visitas", la madre administraba el dinero del matrimonio, tan estrictamente, que Esperanza tenía que "sisar" para poder comprar alguna chuchería a sus hijas. Para burlar la vigilancia de la muerta escondía el dinero bajo un colchón, en el dobladillo de un vestido... ¡Como cuando era chica!

Incluso el jefe de la familia, que daba su paga íntegra a Esperanza, tenía que contar con la suegra para comprarse un par de pantalones Levi's; la suegra soltaba siempre la pasta de mala gana diciendo, picada, que al fin y al cabo era su dinero, si quería tirarlo por la ventana... pero que había pantalones a mitad de precio... "En fin, ya sois mayores y estáis en vuestra casa".

Nadie lo habría creido.

—Era un poco mandona, reconoce Esperanza que adivina el pensamiento de su hermana, tenía algunas manías inocentes, como todos. Inofensivas...

¿Inofensiva la madre?

Se encerraba de la mañana a la noche con sus nietas y no permitía que su hija "interfiriese" en la educación de las niñas. "Para educar a los niños hace falta una política coherente. Las pobrecitas se volverían tarumbas si les diésemos órdenes contradictorias". Durante los periodos de seis meses que el marido pasaba en algún lugar secreto, en misión especial, Esperanza apenas veía a sus hijas, porque —"ocúpate de la casa, yo me encargo de las niñas". Más tarde cuando los padres intentaban recuperar a sus hijas, que se iban convirtiendo en dos criaturas odiosas, la abuela decía, resentida: —"ya veo que no me necesitais".

¡Demasiado sabía que nunca la habían necesitado!

Cuando el padre, harto de la rebeldía de las dos pequeñas, amenazaba con darles un azote, la suegra amenazaba con llamar a la policía. ¡No permitiría que maltratasen a sus nietas!

¡Pensar que, de niñas, el padre las golpeaba brutalmente y que jamás la muerta salió en defensa de las hijas!

No es el momento de recordar estas cosas, pero, ¿por qué, bajo el pretexto de que la madre ha muerto, tendría que santificarla?

¿Y por qué eres tan vengativa? ¿Por qué has de sacar a relucir todos los trapos sucios el día de su entierro? —pregunta la otra Ana. En fin, una de las muchas Anas que viajan bajo la misma apariencia.

* * *

¡Ya están aquí! ¡Al fin! Y ni siquiera se excusan por el retraso. Lo peor es que apestan a alcohol. Sólo abrir la boca te echan hacia atrás. ¡Y encima vienen con prisas, porque acaban su trabajo a las cinco!

El alcohol dificulta la tarea, los sepultureros tropiezan con todo y, en uno de los traspies, casi envían el ataúd de la madre a cagar puñetas. Felizmente la pobre ya ni goza ni pena.

* * *

El ruido de la tierra golpeando el ataúd se une a los estrepitosos sollozos de Esperanza y a la voz vulgar de la sobrina sabihonda que ha sobrevolado la ciudad y que envió los telegramas y que piensa que mejor habría sido compar un panteón, así habrían estado seguras de reunirse algún día.

—Ya nos ocuparemos de eso, dice seca Dolores temiendo que la idea prenda y le reclamen el dinero del que se había apoderado, para poner la primera piedra. ¡El dinero es suyo y muy suyo! La madre se lo debía.

Moralmente.

—Por lo menos pagar una concesión a perpetuidad... insinúa una vecina.

—¿A perpetuidad? salta inopinadamente Esperanza. ¿Quién es lo bastante imbécil para creer que dentro de cien años los restos de mi madre continuarán verdaderamente aquí?

Pues, sí, es verdad que cuando "remodelaron" el cementerio hubo un pequeño escándalo. Los sepultureros mezclaron los huesos, al final ni Dios sabía quién era quién, y las familias de los "caros desaparecidos" tuvieron que conformarse con los restos que les dieron. Y sin no hubiese sido por un desgraciado azar y por las lluvias torrenciales que arrastraron huesos humanos hasta la carretera, nadie se habría enterado y habría sido mejor para todos. Y ahora no vendrían el día de todos los Santos a poner flores tal vez sobre los restos de un desconocido.

—¡Ya podeis decir que esto es una merienda de negros! ¡Qué asco de país!

Ana aprieta el brazo de Esperanza para hacerla callar.

—Son cosas que ocurren en todos los países del mundo, dice picada una de las vecinas de la madre.

—Pues claro, asegura Ana esperando evitar una discusión al borde de la tumba.

Tras los primeros paletazos de tierra la gente se siente obligada a echar flores en el hoyo. Eso que se llevará la muerta por delante, porque apenas vuelvan la espalda, los enterradores arramblarán con las flores.

Ana, que no puede hacer las cosas como todo el mundo, medio emocionada y medio asqueada por su gesto automático, desflora las más bellas rosas, esparce los pétalos... ¡Y todos se maravillan ante la elegancia del gesto! Mientras que la autora de la proeza piensa que aquella pobre gente no debe ir al cine a menudo.

¡Un gesto teatral, ridículo, y todo el mundo olvida a la muerta! ¡La extranjera tiene tanta clase! Los viejos aseguran que de joven era Grace Kelly en persona. Otros dicen que ni hablar, era Audrey Hepburn clavadita. ¡Qué va! Se parecía a la Hepburn, pero a Katherine.

¿Quién es esa otra Hepburn se preguntan los más jóvenes. ¡En todo caso la Audrey y la Grace se parecían como un huevo a una castaña! En lo que sí están de acuerdo con los viejos es en que la extranjera tiene mucha clase.

Ana, que se dirige hacia la salida, no puede evitar oir los comentarios y lamenta haberlos provocado inconscientemente.

¿Inconscientemente? pregunta una de las otras Anas. ¡Mira, que nos conocemos desde hace siglos! También lamenta no haber podido quedarse un instante a solas con la madre. Quizás hubiese esparcido igualmente pétalos de rosa sobre su tumba, pero la ausencia de público le habría permitido rendir un último y sincero homenaje a la madre abusiva. El público le ha robado su espontaneidad.

* * *

Colgadas cada una de un brazo de Ana, Esperanza y Anita se dejan llevar. Detrás van la hermana mayor y el resto de los Zurbano. Las amigas y vecinas de la madre se distancian a propósito para poder hablar libremente de las tres hermanas.

Dolores tiende la oreja hacia delante y hacia atrás, los elogios que oye sobre Ana la ponen literalmente enferma de despecho. Despecho también al verla ponerse a la cabeza del cortejo a la ida y a la vuelta. ¡Siempre en cabeza!

De niñas el padre rabiaba viéndola abrir la marcha los días de excursión. Claro que con sus piernas zancudas habría podido adelantarla, dejarla atrás. ¿Y qué habría hecho en cabeza, sola, sin su auditorio? No le quedaba más remedio que seguir a la que le robaba el puesto de jefe de expedición.

* * *

En la puerta del cementerio hay un momento de indecisión, hasta que las amigas y vecinas de la madre, se resignan, de mala gana, a separarse de las hermanas y de los Zurbano. Pero, ya resignadas a ser excluidas, remolonean ante los tres kilómetros de marcha que les aguardan.

—A estas horas hay aún menos autobuses que a la venida, se queja alguien.

Dolores se hace la sorda. Lo elegante sería pagar taxis a todos y como, gracias a la sobrina entrometida, nadie ignora quién tiene el dinero que dejó la madre, es a ella a quien miran con insistencia.

¡Ya pueden mirarla, no piensa soltar un céntimo! ¡Que se hubiesen quedado en sus casas, en lugar de venir a cotillear!

—Nadie volverá a pie, dice Ana, e inmediatamente comienza a parar taxis.

—Pago yo, tranquiliza Ana a Dolores con un tono imperceptiblemente sarcástico.

"Hay que hacerle justicia, —piensa Esperanza, siempre supo hacer las cosas".

"¡Cómo se ve que no sabe qué hacer con el dinero!, —se dice Dolores con envidia y amargura. Ana nació de pie. ¡En cambio la vida ha sido siempre tan injusta conmigo!"

Es de Ana de quien la gente se despide y es Ana quien da las gracias a todos por haber venido; ella es quien, solícita, abre las puetas de los coches y desliza un billete en la mano del chofer.

—La mujer de la situación, murmura Dolores, venenosa, al oido de Esperanza. Al fin y al cabo, el centro comercial está sólo a un kilómetro, seguro que allí habrían encontrado algún autobús.

A pesar de todo la gente se deja embarcar de mala gana. Las vecinas sentían que no podrían incrustarse por mucho tiempo, pero esperaban que les invitaran a tomar una pequeña colación. Probablemente las hijas no han previsto nada para "después". Ya no se respetan las tradiciones. Aunque una taza de café, rápidamente hecha, no se niega a nadie y siempre es de agradecer. ¡Les hubiese agradado tanto acompañar un poco a las huérfanas!

Ahora es Ana quien se hace la sorda y empuja, amablemente, a las remolonas hacia los taxis.

* * *

Ana hace un esfuerzo para disimular el horror que el piso de la madre le inspira.

Plástico y crilor por todas partes. Cortinas, canapés, sillas, tapetes, flores... El progreso ha pasado también por allí. Nunca había visto tanta fealdad en un espacio tan reducido.

—No gracias, no tengo sed, contesta a Dolores que se obstina en hacerle beber algo.

—Lo he hecho yo, dice ufana Dolores.

¡Razón de más!

Es verdad que no tiene ni sed ni hambre, y las tripas se le revuelven sólo con ver el color incierto del brebaje que le ofrece la hermana. Además, tiene la impresión de que se preparan para festejar el entierro de la madre. Inocentemente.

Lo que más le choca del ambiente "postentierro" es que incluso Esperanza ha olvidado a la muerta y participa en la "celebración", como si nada.

—Bebe algo, mujer, dice Esperanza.

¿Nadie comprende que tiene el estómago anudado? De todas maneras no podría beber en una de esas tazas de arcopal.

Ser tan superficial la pone mala... Pero el arcopal simboliza la perversión del gusto de la madre, su flechazo por lo feo, la condenación de la belleza.

De niña admiraba tazas y platos desparejados, restos del ajuar de la madre, vestigios de un pasado remoto. Porcelana de Limoges y de Sevres, casi transparente, delicadamente pintada a mano y ribeteada de oro. ¿Qué camino tortuoso condujo a la madre, de la porcelana de lujo al arcopal? Entre vajilla y vajilla ha transcurrido toda una vida de renunciaciones.

Dolores la saca de sus reflexiones. ¿A lo mejor prefiere una taza de té? ¿Un poco de licor? ¿Un bocadillo?

No, no tiene hambre. No, no tiene sed. No, no quiere nada.

Lo único que quiere es irse y acecha la oportunidad de salir del paso sin herir susceptibilidades.

Esperanza, que la observa desde lejos, con reprobación, viene hacia ella, la aleja un poco de los "invitados", le reprocha mostrarse fría con la hermana mayor:

—Dice que la evitas.

—No, mujer, contesta Ana sin deseos de convencer.

—Pues bebe algo de lo que te ofrece. Ya sé que es una guarra y una manazas, pero tampoco va a envenenarnos con una taza de café. ¡Coge lo que te ofrece y haz como si bebieras!

¡De eso nada! Pero promete mostrarse un poco más amable durante media hora, luego se va.

—Nos vamos.

A Esperanza le encantaría, pero...

—Tenemos que reservar nuestros billetes de avión antes de las siete, dice Ana autoritaria.

—Si me voy en autobús y todo el mundo lo sabe... Se van a molestar.

—Yo me encargo de que nadie lo tome a mal.

Ana hace un esfuerzo, para mostrarse más amable con la hermana mayor y con el cuñado, al que ve por primera vez, y que ya al verle entrar por la puerta, flanqueado por sus dos hijos, le ha inspirado una profunda antipatía. ¡Ni siquiera ha podido abrazar a los sobrinos, que no son responsables de tener a Dolores por madre! No sabe por qué, pero la familia entera le parece más temible que una plaga de langostas.

Gracias al café y a los licores la atmósfera se caldea, las lenguas se desatan y nadie hace alusión a la muerta, que Dios guarde en su seno. Como decía el otro: el muerto al hoyo y el vivo al bollo.

Hablando de bollos, Anita ha decidido que cenen todos en casa de Rafael, el sobrino que desatornilló las dos tapas del ataúd.

"¡Qué indecencia!", piensa Ana furiosa. No asistirá a la cena que, por lo que oye, será más bien un banquete.

Poco a poco las mujeres se agrupan para hablar de trapitos, de limpieza, de niños, mientras que los hombres discuten entre ellos de cosas importantes: partidos de fútbol, quinielas, carreras de galgos...

Demasiado intelectual para alternar con las mujeres, Dolores se une a los hombres.

Como la madre.

Ana hace como si los saldos le interesasen, pero tiende el oído hacia el círculo de los hombres. Hay que reconocer que lo que cuenta Dolores, que no cejó hasta apoderarse de la palabra, es mil veces más apasionante que las conversaciones de las otras mujeres.

El marido ha hecho más de cien inventos importantísimos, es ella quien se encarga de explotarlos. Ella se ocupa de las relaciones públicas, administra... ¡Es un trabajo enorme! Y da muchísimas preocupaciones. Bueno, de momento no han podido explotar ningún invento, por falta de capital. Tampoco han vendido nada. ¡Es tan difícil proteger la propiedad intelectual de todos esos piratas que les acosan para robarles las ideas!

—Llevamos una vida de locos, con la C.I.A. en los talones. ¡Y si sólo nos persiguiese la C.I.A.! Los reyes del petróleo han pagado a sicarios para que nos exterminen y no sea divulbado el último invento de mi marido. Figuraos que si llegamos a explotarlo, al día siguiente nadie compraría ni un solo litro de petróleo. ¿Os dais cuenta de lo que eso supondría para la economía mundial? ¿Imaginais cuántos millonarios van a encontrarse en el arroyo? ¡Porque el invento de Javier resuelve todos los problemas energéticos y la energía que ha descubierto es más barata que el agua, no puede agotarse, no contamina. ¡No, no, no se trata de energía solar! Pero no puedo decir más, porque... Bueno, ya comprendeis que es un secreto.

Esperanza, que tampoco se ha perdido el discurso de Dolores, mira a su benjamina, las dos reprimen una sonrisa cómplice.

Sabían que Dolores estaba algo chiflada, pero no creían que la cosa fuese tan grave, ni que encontraría un marido hecho a medida. Lo más penoso es ver a los hijos confortablemente instalados en la locura de los padres.

Primero les obligaron a huir de Venezuela, donde asesinos a sueldo intentaron, durante la noche, tomar la casa por asalto. En el Canadá no les asesinaron por los pelos. Y por las mismitas razones tuvieron que huir de los Estados Unidos y de Inglaterra, y pronto tendrán que abandonar España. ¡La vida de un inventor de envergadura, como Javier, es dificilísima!

¡Basta de delirios!, piensa Ana, antes de excusarse amablemente. ¡Lo siente con toda el alma, pero tiene que ir a reservar su pasaje de regreso!

—¡Ay!, desgraciadamente, tengo que coger el avión mañana, —miente con aplomo, ya que de común acuerdo con Esperanza, ha decidido quedarse dos días en la ciudad.

Clandestinamente.

—Esperanza me acompaña. Me fastidia ir sola, dice la que ha recorrido medio mundo en solitario. Además así se distrae un poco. ¿Comprendeis que· me la lleve, verdad?

Sienten que las dos hermanas les abandonen, pero se inclinan ante la decisión irrevocable.

—Nos veremos más tarde, promete Ana para suavizar, a sabiendas de que, apenas vuelvan la espalda, Dolores presentará la huida como un desplante.

Bueno, pues hasta luego, —dice todo el mundo, y en menos de cinco minutos se plantan en la calle, cediendo el terreno a Dolores, que las ve alejarse con alivio.

Las dos hermanas se conocen tanto que, hace unos instantes, Dolores sintió que se reían de ella para sus adentros. Dos espectadoras de tan mala fe hundirían la mejor representación.

—"¡Claro, me tienen envidia! Siempre fui la más inteligente y cultivada y la preferida de nuestro padre".

* * *

Ana recuerda que lo último que tomó fue un té en el avión y, como no ha cambiado nada, arrastra a Esperanza hasta la cafetería más elegante de la ciudad.

La pobre Esperanza no se atreve a protestar, pero es demasiado lujo, se siente incómoda en este lugar en el que jamás habría osado poner los pies.

"Estos sitios son para ricos", —habría reprochado la madre.

Esperanza está escandalizada de ver hasta donde ha llegado el proverbial sibaritismo de la hermana. ¿Pero qué importancia tiene que los bollos sean del día y estén hechos con mantequilla, puesto que la madre ha muerto? A su vez Ana se escandaliza y mira hacia otro lado cuando la desesperante Esperanza se quita con naturalidad la dentadura postiza, la envuelve en una servilleta de papel y la mete en el monedero, con la calderilla, algunos billestes de banco sucios y arrugados y varias llaves.

¡Aparato incongruente! ¡Gesto inconcebible! Los lazos de la infancia han de ser muy sólidos para resistir tan terribles pruebas.

Esperanza se excusa humildemente.

—Las dentaduras postizas son mucho más económicas.

Incapaz de superar el trauma de la visión del antiestético aparato, Ana mueve y remueve su té con mucha aplicación.

—Ahorro lo que puedo para pagar los estudios de mis hijas y comprarles un piso cuando se casen. Más tarde me ocuparé de mí misma.

"Más tarde, piensa Ana irritada, nadie te devolverá tus verdaderos dientes".

Sienten que están al borde de la discusión y se callan. Confusas, cariacontecidas, lamentando profundamente que la armonía entre ellas sea tan frágil.

Repentinamente Ana recuerda la habitación sórdida, la idea de pasar una sola noche en aquel antro le es tan insoportable que arrastra a Esperanza hasta la calle, sin darle tiempo a acabar su bollo.

De nuevo el peregrinaje de hotel en hotel.

Viendo avanzar la tarde y perdiendo la esperanza de llenar el hotel con clientes más de su gusto, el recepcionista del más reputado hotel de la ciudad se percata de que una de las reservas ha sido anulada.

—¡Qué suerte tiene la señora!, dice el empleado, pálido, tieso, tan severamente vestido, tan extreñido, que debe acomplejar a los clientes, casi todos extranjeros, clase media baja, industriales de provincia y parejas en viaje de novios.

—La clientela no es muy brillante, comenta Ana, ya en la calle.

Aunque tampoco está satisfecha con la habitación que le han dado en el cinco estrellas, Ana asegura no ser muy exigente. Lo que pasa es que el hotel más célebre de la ciudad deja que desear. Por añadidura, han debido darla una de las peores habitaciones. Una mujer sola nunca es considerada como un buen cliente.

Esperanza teme explotar.

Acto seguido vuelven al hotel anterior. Ana pide la nota y ante los ojos atónitos de Esperanza, paga cinco mil pesetas sin rechistar, a las que añade quinietas para el servicio. ¡Cinco mil quinientas pesetas por nada!

En el taxi, Ana se disculpa.

—Si encima de que estóy algo alicaída hubiese tenido que pasar la noche en una sucursal del museo de los horrores...

¿Alicaída, cuando acababan de enterrar a la madre? Los sentimientos de la hermana no dan más de sí.

—Hubieras podido dormir en mi cama, sugiere Esperanza tímidamente y apenas ha acabado de hablar hubiera querido tragarse lo dicho.

Ana da las gracias, pero tiene un sueño tan frágil, tan agitado... "¿Comprendes, verdad?"

Profundamente ofendida, Esperanza reprime el deseo de contestar que comprende demasiado bien. A Ana siempre le dieron asco las mujeres de la casa. La madre, Dolores, ella misma...

También fue siempre "muy especial". La habitación del otro hotel no estaba mal en realidad, incluso estaba bien. Las cortinas y el cubrecamas no estaban nuevos, pero eran alegres y modernos. Esta hermana suya se ha vuelto aún más exigente. Ya es decir. ¡De joven nada le parecía bastante bueno para ella!

Eso sí, tenía el don de descubrir los rincones más confortables, así que, cuando se mudaban de casa, esperaban ver qué refugio escogía y se lo quitaban. Para esas cosas tenía un instinto muy seguro. "Como los gatos y las monjas", acusaba el padre con rencor.

También tenía buen gusto. Con un cuello, una corbata, o un collar de cuatro chavos, transformaba el vestido más banal en un modelito. ¡En un abrir y cerrar de ojos convertía un saco en un vestido de lo más mono! Ahora que, cuando las hermanas se lo ponían a escondidas (Ana no soportaba que tocasen su ropa), volvía a ser un asco. Como por arte de encantamiento, como las calabazas de Cenicienta al sonar las doce.

Y felizmente Ana estaba allí plara desafiar a los padres acortándose las faldas y las mangas, escotándose más y más los vestidos, negándose a ponerse los bastos refajos de algodón que la madre les obligaba a llevar para que no cogiesen una pulmonía. Pero Ana nunca tenía frío, o decía no tenerlo, y antes de salir a la calle con uno de aquellos jerseys baratos, que se deformaban en un abrir y cerrar de ojos, hubiera preferido coger una pulmonía doble.

La madre era la primera en observar los más ligeros cambios. "¿No pretenderas salir a la calle así? ¡Eso es peor que ir desnuda!"

Verdad era que bajo la falda se adivinaban las piernas, que el sostén sin ballenas, sin guata, dejaba adivinar la tibieza de los senos y que se notaba el calor de los hombros bajo las ligeras telas de las blusas.

—¡Si tu padre te ve así, le da algo!

El padre ya la había visto "así" y, el muy inocentón, no había encontrado nada que reprochar al atuendo de la hija.

A primera vista solo veía que Ana estaba tan flaca que daba asco mirarla.

—¡Ya conoces a tu padre, más vale no enfadarle!

El tono de voz subía, subía, subía hasta que el padre tenía

que darse por aludido y salía en defensa del honor de la casa. Se echaba al ruedo, aseguraba a la hija que así vestida parecía una puta. Ana le dejaba gritar hasta que la tempestad amainaba y las hermanas respiraban aliviadas y seguían el ejemplo de la "desvergonzada".

Sin Ana habrían salido a la calle toda su vida con refajo y con ropa de diferentes largos, sobrepuestos, que, desgraciadamente, todavía no estaban de moda. El refajo diez centímetros más largo que la falda, las mangas del jersey cinco centímetros más cortas que las de la camiseta, sobre el jersey una chaquetilla que no llegaba a la cintura... lo importante para la madre era no pasar frío. ¡Ande yo caliente y ríase la gente!

La gente se reía.

* * *

Treinta años sin apenas verse, sin apenas hablarse, porque la madre, que aseguraba que su mayor alegría sería verlas unidas, no habría soportado que se viesen a sus espaldas, y, siendo Esperanza una bocazas, tampoco habrían podido verse clandestinamente, aún viviendo a veces a menos de doscientos kilómetros una de la otra. La madre tenía una curiosa concepción de la unidad. Unidas a distancia gracias a ella que iba de una casa a otra, llevando y trayendo mensajes de paz... o encizañando.

Roto el hielo, los recuerdos brotan inagotables. ¿Te acuerdas de? ¿Y de? ¿Y de aquél que?

—¿Recuerdas al zapatero remendón que llamaba todas las mañanas para que te asomases al balcón? Decía que no podía empezar un nuevo día sin verte. Que la luz maravillosa que tu irradiabas le permitía soportar a su mujer y a su hija.

Ana no ha olvidado al zapatero. Pero las evocaciones que le asaltan son más bien amargas.

—¡Cómo le tomábamos el pelo! Y el vejete nos arreglaba los zapatos de balde, a condición de que la "chiquilla bonica" fuese a llevárselos y a recogerlos.

Y cada día Ana se enfadaba y aseguraba que no volvería a poner los pies en el cuchitril que servía de taller al zapatero, un viejo muy correcto, romántico, y ridículo, afligido con una esposa y una hija más feas que Picio y más amargas que la hiel.

—Sal al balcón mujer, dale los buenos días y que se vaya, insistía la madre. ¡Sonríe! No sé a quién te pareces, en todo caso no a mí. ¡Menudo cardo borriquero estás hecha!

Al final Ana salía y sonreía al viejo para que continuase arreglándoles los zapatos de balde. O casi. E inconscientemente reprochaba a la madre tener vocación de Celestina.

* * *

—¿Qué fue de la Paca?, pregunta Ana a Esperanza que no ha dejado de venir al país en el que el sol es menos caro.

—Se casó, tuvo tres hijos, uno tras otro, y el marido la abandonó. Friega pisos, está tan amargada que ya no la veo. María se casó también y tuvo dos hijos. Se lleva muy mal con el marido que la pega palizas de muerte. Carmen se quedó embarazada apenas te fuiste. El padre la echó de casa, los abuelos la hicieron el vacío... No ha dejado de dar tumbos. Ahora se prostituye en los alrededores de los mercados. Está hecha una ruina.

—¡Pero si tiene cinco años menos que yo!, protesta Ana, incrédula.

—Hay años y años.

—¿Y Amparo?, pregunta Ana, con el corazón encogido.

—Huyó de su casa varias veces hasta que la familia la encerró en un psiquiátrico. Cada vez que la dejaban salir se fugaba o intentaba suicidarse... Ahora ya no puede ni huir ni suicidarse: Hace quince años que se tiró por una ventana, le salvaron la vida por los pelos pero se quedó paralítica para siempre.

—¿Luisa?

—Se casó, tuvo tres hijos, el marido es buenísimo, pero cayó enfermo... Hace de puta antes de ir al mercado para llenar el puchero. Está también viejísima y como dice ella "cada año que me echo encima cobro mil pesetas menos, pronto tendré que pagar a mis clientes".

"Nuestra madre patria ha sido un verdugo para sus hijas",

piensa Ana con amargura. ¡Cuántas vidas truncadas! La humedad que mina sus huesos desde que aterrizó, el duelo por la madre que la zapa solapadamente, y ahora esta crónica siniestra... ¿Por qué vino al entierro?

—Todo esto no nos rejuvenece, suspira.

—¿Qué importa la edad?, pregunta Esperanza atónita. De todas maneras yo no confieso nunca la mía. ¡Ni mi marido sabe los años que tengo!

¡Sueña la pobre! Dolores lo sabe, y sabiéndolo Dolores lo sabe el mundo entero.

—¿De qué sirve ocultarla? ¿No se ve que estamos viejas?

En el fondo cree que, en lo que la concierne, no se ve todavía. Confesar su edad es una coquetería más. Hasta el día en que nadie asegure, incrédulamente, que es imposible que tenga tantos años como dice tener. Ese día será el fin de su juventud.

—Oficialmente soy más joven que tú, para mí es importantísimo. ¡Me da tanta seguridad! ¡Y nadie, nadie, puede imaginarse que haya hecho trampas!

Al contemplarla, gorda, fofa, sin dientes, arrastrando una pierna (tampoco quiso sufrir una operación que habría de rehacer diez años más tarde), pero oficialmente diez años más joven de lo que es en realidad, Ana siente deseos de reir. De pura maldad. De puro nerviosismo. De pura tristeza. ¡Esta hermana suya es patética!

—No sé cómo son las cosas para tí, pero a mí me miran los hombres en la calle más que nunca. ¡Mi marido se pone celosísimo! ¡Mira mis piernas!

—¡Ni un pelo!

Como la madre. ¡La odiosa eunuca tenía los brazos y las piernas calvos!

—¡Mira qué cintura!, continúa Esperanza, que hace espuerzos deseperados para ceñírsela con las manos.

Como cuando eran jóvenes. Cincuenta centímetros a fuerza de apretar. Hoy, para repetir la proeza, necesitaría tener más manos que la diosa Khali.

En cuanto llegue al hotel se examinará sin piedad de los pies a la cabeza para asegurarse de que no está fofa e hinchada como sus hermanas.

Mientras Ana se deja invadir por las dudas provocada por la vanidad ciega de la hermana, Esperanza cuenta sus éxitos con los hombres.

Felizmente, el tiempo, que nada ni nadie detiene y que huye también cuando las cosas van mal, se les ha ido como un soplo y la feliz inconsciente recuerda que tienen que reunirse con los otros.

Ana pretexta estar cansadísima. ¿No podría disculparla?

—Es imposible, —dice Esperanza, despiadada. Se han ocupado de madre sin tener ninguna obligación. Les debemos un poco de consideración, ¿no?

Ana se levanta, va hacia la puerta de la asquerosa tasca, en la que Esperanza le ha hecho entrar, tan alegre como un condenado a muerte al alba del día fatal.

En el camino Ana compra, en la mejor pastelería de la ciudad, tres enormes bandejas de pasteles. "Que se pongan morados", se dice feroz, pensando en el banquete que se prepara.

Y viendo aquellos merengues que, con la nariz aplastada contra el escaparate, tantas veces codició, se le ocurre la peregrina idea de comerse uno... ¡Qué asco! ¡Están empalagosos, infectos! ¡Tantos años suspirando por comprarse esta porquería!

* * *

Aprovechando la ausencia de sus hermanas, Dolores ocupa majestuosa el mejor sillón de la casa, y el marido y el hijo mayor, altos como pinos, se encogen ante tanta magnificencia. El retorno de las dos aguafiestas la contraría visiblemente, pero el espectáculo continua.

Ana había oido decir que su hermana llevaba y traía a los suyos, pero pensaba que había algo de exageración en lo que contaba la madre. ¡Pues no! Dolores parece ser la suprema autoridad y el portavoz de la familia.

Mientras Dolores pasa de un complot a una tentativa de violación, de la tentativa de violación a un ataque a mano armada, los suyos la escuchan religiosamente.

La C.I.A. por aquí, la C.I.A. por allá. El F.B.I. también está en el ajo. Más todas las policias del mundo oriental y occidental. Puertas descerrajadas, casas patas arriba, documentos robados... ¡Pero los planos están en lugar seguro!

—"¡La pobre!", —piensa Esperanza.

—Al lado de esta mujer, no debe temer uno las largas veladas de invierno. Ni quedarse a falta de novelas. Ni naufragar en una isla desierta, —dice Ana muy bajito a Esperanza, que confiesa haber creido al principio las aventuras delirantes de Dolores.

Y la pobre madre, que se tragó todo hasta el final, vivía con el alma en vilo y volvía de casa de Dolores con una crisis aguda de "espionitis".

—Esa pobre muchacha condenada a errar por el mundo con los hijos y la casa a cuestas. ¡Si es que son todos unos hijos de puta!

Con el tiempo Esperanza comezó a dudar. Eran muchos complots. Demasiados. Muchos atentados. Demasiados.

Por casualidad supo que Dolores recorría el mundo, con la familia a rastras, huyendo de los acreedores. Hasta el State Department querría echarles la mano encima para obligarles a desembolsar la importante suma prestada al marido cuando nació el hijo mayor. A cambio del préstamo, Javier había firmado un contrato comprometiéndose a trabajar para el Estado Americano cuando acabara sus estudios. El contrato quedó incumplido.

Si todas las caseras estafadas por Dolores se diesen la mano podrían formar un círculo ininterrumpido alrededor de una plaza de toros.

Hace más de veinte años que no paga alquiler. Encima se las apaña para instalarse en pisos elegantes, nuevos (o recien remozados) y amueblados. A Dolores no le gustan las estrecheces; un inventor tiene derecho a cierto confort.

Hasta tiene criada, a la que no paga, claro. Da siempre con pobres ingenuas que esperan pacientemente que la señora entre en posición de una quimérica herencia, o que consiga vender la genial invención del señor. Cuando las pobres se dan cuenta ya es demasiado tarde. La familia se largó durante la noche, dejando tras de si, deudas incalculables, un piso destrozado y con tanta porquería que haría falta un "bulldozer" para abrirse camino entre la mierda.

Dolores se vanagloria de no ser ama de casa y las criadas, escogidas en función de su credulidad, tampoco son fregonas. Además, ama y criada andan siempre de cabeza buscando micros e intentando desbaratar los proyectos criminales de la C.I.A. ¡Poco tiempo les queda a las pobres para ocuparse de la casa!

De vez en cuando el marido y el hijo mayor se remangan y ponen un poco de orden. Pero tampoco saben mucho de limpieza y como por añadidura, la esposa y madre es muy descuidada y manirrota, jamás darían abasto para reparar sus desaguisados.

Tampoco hay que olvidar que el niño pequeño no soporta ver las pareces inmaculadas y estrella contra ellas tinteros, botes de pintura, soperas y hasta el contenido del orinal. Basta que se despierte de mal humor. Lo peor es cuando se levanta de buen humor; entonces pinta las pareces con los dedos untados de mierda.

¡Y la madre no interviene nunca! Es más fácil cambiar de piso que intentar enderezar al hijo, del cual está en el fondo bastante orgullosa.

* * *

De vez en cuando Dolores lanza una ojeada inquieta a sus hermanas. —"¿Qué tramarán las dos arpías?"—, y acaba sintiéndose tan desazonada que cambia de tema. Rafael, el sobrino que desatornilló las dos tapas del ataúd, respira aliviado y, aprovechando una breve pausa de Dolores, invita al genial inventor a visitar el taller donde pasa sus ratos libres construyendo barcos en el interior de botellas.

El resto de la compañía no desperdicia tampoco la ocasión de dar la espalda a Dolores que les ha puesto la cabeza como un bombo.

Todos los miembros de la familia, que han bajado y subido de los otros pisos de la finca, rodean a Ana y escuchan a Juanito evocar la infancia de las cuatro hermanas. Porque eran cuatro.

Cierra los ojos y ve a Ana erguida, muy derecha sobre sus

piernecillas, que ya eran preciosas. La recuerda sobre todo con un vestido de organdí azul cielo. ¡Divino!

Anita enjuga una lágrima.

—¿Os acordais que la colocamos junto a la pared y que nos alejamos para admirarla mejor? El taller de María al completo, acudió a contemplarla y a extasiarse.

Ana no cree haber sido tan admirada. Por el contrario recuerda perfectamente el vestido de organdí, que sólo le pusieron dos o tres veces antes de que desapareciera misteriosamente. Tras su desaparición la madre decretó que el azul no le iba y le condenó al rojo.

¡Cómo la irrita oir hablar de ese vestido! Violan sus recuerdos, pisotean su jardín secreto. El azul simboliza el paraiso perdido. Uno de los paraisos perdidos. Experimenta la amarga sensación de haber pasado la vida perdiendo paraisos, más o menos reales, porque su imaginación siempre suplió a la crudeza de la vida.

Juanito y Anita aseguran que Ana era la niña más preciosa del mundo, pero María dice que hay que ser objetivos, la más bonita de las hermanas era la que murió. Ana no era verdaderamente guapa, pero era graciosa, buena y entrañable. Anita y Juanito protestan escandalizados, y la familia se enreda en una discusión interminable.

—Pierdes la memoria, hija, —dice Juanito sarcástico. La edad, claro.

—Yo tal vez pierda la memoria, pero no digo sandeces como tú, —contesta agriamente María.

—¡Pero María, si estás completamente senil!, —acusa Anita.

—No vais a discutir por una tontería, —interviene la esposa de Juanito. Estoy segura de que a Ana le da lo mismo no haber sido la más guapa. ¡Sois peor que crios!

—María está senil.

—¿Yo senil? Eres tú, pobre imbécil el que está chocho. Pero miradle, si hasta se le cae la baba.

Pues sí, a veces un hilito de saliva se deslizaba entre los labios de Juanito, que ni se da cuenta. Y la esposa, veinte años más joven, que ha perdido su juventud esperando que el marido olvide a su primer amor, le limpia resignada y discretamente la baba y las lágrimas. Porque también le lloran los ojos, y a veces hasta se le escapa un "pipí".

Se casaron para lo mejor y lo peor. Lo mejor no fue muy alegre. Lo peor se anuncia siniestro. Tendrá que enterrarlo y morirá sola como la rival. Es el destino de las mujeres: casarse con hombres más viejos, cuidarles, cerrarles los ojos cuando les llegue la última hora y morir solas.

—¿Quién babea?, —dice Juanito furioso.

—¡Tú, viejo senil!

—¿Yo babeo?, —pregunta Juanito a los presentes.

Y la asamblea mira hacia otro sitio y dice: ejem... ejem... euh... euh...

—Os pasais la vida buscando camorra, —protesta la esposa de Juanito. ¿No os da vergüenza?

Para poner punto final a la trifulca, la sobrina, que ya ha sobrevolado la ciudad y de la cual Ana no quiere aprender el nombre, dice que sí, que el padre babea, y lloriquea, y también le tiemblan el pulso y las piernas. Y la tía chochea que es un primor. Pero María no les queda a la zaga. ¡Están los tres seniles!

Dolores que no esperaba poder acaparar de nuevo la conversación, dice que no hay que enfadarse y aprovechando que todo el mundo refunfuña, se dispone a contar nuevos atentados. Pero sorprende la mirada de sus hermanas posada sobre ella, como si se dispusieran a beber sus palabras. Tanto interés le hace extremecerse. ¿Y si en medio de su relato Esperanza suelta una de sus observaciones incongruentes que tanto hacen reir? O peor, Ana puede fingirse apasionada por sus aventrua y hacerle alguna pregunta "ingénua" que la ponga en ridículo. Las aguafiestas acechan el momento de convertirla en el hazmerreir de todos. ¡Lo que puede la envidia!

¡A Dios gracias, no le faltan los temas de conversación! Y como no teme a nada, ni siquiera al ridículo, se autoproclama consejera pedagógica e inunda a la dueña de la casa con consejos y trucos para educar a sus hijos.

Mientras la "pedagoga" da el coñazo a un auditorio, que

comienza a mostrar señales de cansancio, su hijo pequeño asesta crueles patadas a la "setter" de la casa, que se queja tristemente y cambia continuamente de sitio.

Con el corazón en un puño viendo a su perra tan injustamente maltratada, la dueña de la casa hace un esfuerzo sobrehumano para no liarse a bofetadas con la mala bestia del niño.

¡Si no temiese que la familia entera se le echara encima reprochándole su poco sentido de la hospitalidad!...

Esperanza también está sobre ascuas.

Ana fulmina con la mirada al retoño de su hermana y finalmente pregunta a ésta, suavemente, si no podría emplear sus inmensas dotes de educadora para impedir que su hijo continue torturando a la perra.

—¿Ese? Me declaro vencida, —dice Dolores, imperturbable.

Harta ya, Ana agarra en el aire el pie del angelito (calzado con botas de futbolista), hunde los dedos en la pierna infantil y, suave como un guante, pregunta:

—¿Verdad que no te gusta que te hagan daño? Pues a la perra tampoco. Así que déjala en paz antes de que me enfade.

La criatura espera a que su tía le suelte para intentar propinarle un buen puntapié en la espinilla, pero la enemiga había previsto la reacción y agarra al vuelo el inocente pie, tira de él con fuerza y el niño cae patas arriba. Y antes de que pueda comprender lo que sucede, recibe dos sonoros bofetones. Uno en cada mejilla. Hecho insólito que le deja perplejo durante unos segundos, transcurridos los cuales, mira duramente a la desconocida adversaria. ¿Contraataca o no?

Renunciando a vengarse de la tía, corre a saltar sobre las patas de la perra.

Dolores hace como si no se diese cuenta de que todo el mundo está indignado por la brutalidad de su hijo y dice impávida que la educación comienza en la cuna. Incluso antes.

—Tengo la impresión de que llevas algunos años de retraso con tus hijos, —interrumpe cáusticamente Ana.

Hasta Esperanza, olvidando sus buenos propósitos de mostrarse conciliadora con las hermanas, digan lo que digan, hagan lo que hagan, sugiere que hasta que sus excelentes métodos de educación no den frutos, debería sacar a su hijo atado y con bozal.

El niño mira con desafío a su entorno, antes de dar una brutal patada a la perra que había buscado refugio debajo del aparador.

Ana abofetea despiadadamente al sobrino.

Con los ojos secos de lágrimas y los labios apretados, el niño apuñala con la mirada a su agresora. La sopesa, la juzga dura de pelar y renunciando a entablar batalla sale del salón, altivo y desdeñoso.

Apenas desaparecido, oyen llorar a los niños de la casa que dormían apaciblemente.

Dolores asegura que más vale no intervenir, que se las apañen entre ellos. La verdad es que los niños de la casa están un poco canijos...

La anfitriona se traga la rabia y corre a consolar a sus hijos, mientras Esperanza y Ana se precipitan en búsqueda del duro de la familia al que consiguen traer a rastras.

Esperanza pregunta con mala leche por qué llevan de visita a este niño.

Dolores siente que todos están contra ella (la envidia) y se decide a pedir a su hijo que esté tranquilo.

—¿No ves que no estamos en nuestra casa?

Sobreentendido "estamos en terreno hostil".

Pero nada arredra al niño, que en algo se parece a la madre, y corre a meter un dedo en el ojo de la perra, la cual aulla de dolor.

Dolores amonesta a la criaturita. La perra está sucia, tiene miles de microbios.

—Corre a lavarte las manos. ¡Pero que lata de chucho! No cesa de aullar. No sé como lo soportais. ¡Y qué inconsciencia tener perros en una casa donde hay niños!

Puso el dedo en la llaga.

—Pues eso es lo que yo digo, —dice María.

—¿Para qué un perro teniendo ya dos niños?

—¡Cosas de los jóvenes que se complican la vida tontamente!

—¡Y lo que cuesta esta perra! Está siempre en el veterinario.

—Gastar el dinero en perros, con tantos niños como mueren de hambre a diario, —reprocha Dolores severamente. Virtuosamente.

—¿Tú te ocupas muchos de esos niños que mueren de hambre?, —pregunta ácidamente Ana.

—¿Yo? Anda, ¿y por qué me tendría que ocupar yo de esas cosas? Bastante tengo con criar a mis hijos. Bueno, ¿y por qué no encerrais al chucho en la terraza para que podamos hablar tranquilamente?

El ama de casa alega que el animal es viejo y tiene reumatismo... Por poco se le escapa decir que "el chucho" está en su casa y que al que no le gusten los animales ya sabe donde está la puerta.

La perra aulla de nuevo; Ana vuelve a levantarse, coge de una oreja al niño y lo encierra en la terraza.

—¿Tu hijo no tiene reumatismo, verdad?, —pregunta suave.

—Va a coger frío, —insinúa tímidamente Anita.

—¿Frío ése? Pero si es inusable, irrompible, infatigable e inalterable, dice la madre feliz al pensar que no la interrumpirán más.

* * *

Desde la cocina llega un aroma delicioso que hace a todos la boca agua. Haciendose portavoz de los estómagos hambrientos, Anita asegura que no hay nada más eficaz para tranquilizar los ánimos que una buena comida.

—¡Qué pena!, —dice Ana poniéndose en pie. ¡Cuánto siento tener que volver al hotel!

—¿Al hotel, habiendo tantas habitaciones vacias en la finca?, —pregunta asombrada Anita. ¿Y cómo va a irse sin cenar?

Ana da las gracias, pero no tiene hambre y está muy cansada, el cambio de horario... y al día siguiente ha de levantarse al alba. Y es verdad que piensa levantarse muy temprano para callejear antes de tomar el tren eléctrico que va de la ciudad a la pequeña localidad donde vivió adolescente.

—¿Para qué tienes que levantarte tan pronto?, —pregunta Anita al borde de las lágrimas.

—Los aviones despegan temprano, —contesta Ana sin comprometerse.

"Tan jesuita como siempre", —piensa Esperanza.

Aunque en el fondo admira como Ana miente sin mentir. Como la madre.

Bueno, la madre era una embustera consumada. Mentía maravillosamente. De mil maneras. Por omisión. Creando confusiones deliberadamente. Alterando los puntos y las comas. Mentía como respiraba. Sin turbarse jamás.

—¿Te vas ya? ¡Venir de tan lejos para tan pocas horas!

Los hermanos Zurbano derraman algunas lagrimillas y le piden que escriba.

Ana promete que escribirá.

Esperanza, que la conoce mejor que si la hubiese parido, no duda que escribirá, a ella por ejemplo. A alguna amiga. Escribirá tambien por el placer de escribir. Tal vez llene miles de páginas con su letruja ilegible, pero jamás enviará una líneas a esta pobre familia que la quiere tanto.

Ana abraza a los viejos, estrecha la mano a los jóvenes, olvida deliberadamente despedirse de su cuñado y de sus sobrinos (el mayor está con el padre, el menor continúa encerrado en la terraza), hace un gesto ambiguo a Dolores que osa pedir con voz plañidera: —"a ver si me escribes".

Ana se hace la sorda.

—¿Me escribirás?, —insiste Dolores como si su vida dependiese de ello.

Ana no se molesta en dorar la píldora a la hermana.

—Sabes demasiado que detesto escribrir cartas.

—Mujer, pero a mí...

"Esta mujer es tonta, —piensa Esperanza. Es tonta o ha comido mierda. ¡Hace treinta años que Ana no contesta a sus cartas!"

—Bueno, si tengo unos instantes... —dice Ana que está deseando encontrarse en la calle.

* * *

El taxi espera delante de la puerta. Dos o tres gestos con la mano para despedirse de la famila Zurbano, que ha salido a la terraza y agita múltiples pañuelos que ondean tristemente en la noche negra como boca de lobo, y ya es libre.

Sabía que era injusta con aquella buena gente. ¡Pero tenía ganas de encontrarse a solas con ella misma!

Al día siguiente atravesó a pie, muy temprano, la ciudad dormida. Calle de la Bolsería, Plaza de San Jaime, Calle Alta... Casas decrépitas, rezumando humedad, antaño ocres y amarillentas, hoy de un color indefinido. Calles estrechas y sucias, con una suciedad que parece haberse incrustado en las fachadas, en las aceras, en la calzada. Para siempre. Calles que apestan a orina humana, a moho y al aceite de los churros fritos la noche anterior y, cuyo olor flota todavía en el aire. El mismo olor que se agarraba a su garganta, le daba náuseas y sensación de empacho a pesar de estar perpétuamente hambrienta.

Al pasar da una ojeada llena de aprensión a los escaparates de las tiendas que antaño le parecían lujosas y que en realidad son lamentablemente pobres.

Antes, la calle de la Bolsería apestaba a cuero barato y a paño de Alcoy, la lana de los pobres, hecha con los desperdicios del algodón y destinada a proteger del frío a los menos favorecidos por la fortuna. En realidad no protegía de nada, pero disimulaba un poco la miseria.

El paño de Alcoy ha sido sin duda reemplazado por materiales sintéticos, la calle ha perdido su olor característico a petróleo; por una vez: ¡viva el progreso!

* * *

La calle donde vivió de niña está desierta. La puerta del número dieciocho herméticamente cerrada. Un imperioso deseo de golpear con la aldaba le asalta. Seis golpes y repiqueteo. ¿Quién tiraría de la cuerda desde el ático?

Busca un pretexto plausible para llamar y finalmente abandona la idea. Prefiere conservar intacto el recuerdo del "palomar", como llamaban a la buhardilla.

Desierto está el callejón de la Raga, también llamado "calle del pís", por lo que apestaba a orina de gato y a excrementos humanos. Dios sabe por qué el callejón había sido elegido por los noctámbulos y por los niños (que no querían subir a casa sólo para "eso") y hasta por algunas mujeres de paso para el mercado, para hacer sus necesidades al borde de la acera, a pesar del gran letrero que prohibía "evacuar".

Apenas tres metros de anchura. ¿Cómo hubiese podido imaginar que fuese tan estrecho?, tan oscuro, tan miserable.

Hay calles con una acera soleada y otra sombría. En este callejón Dios (o el Diablo) no había querido privilegiar a ninguna de las aceras. Las dos eran igualmente tristes.

Los muros del jardín de las Teresianas siguen valientemente de pie. Detrás de ellos reina un silencio sepulcral. ¿El desarrollo económico ha permitido a las monjas emigrar a otro barrio más salubre?

Cientos de veces ha soñado también con este jardín y con los árboles centenarios que lo ornan y cuyas copas sobrepasan las altas tapias. Jamás pudo entrar en él, aunque varias veces dio la vuelta a la manzana y llamó pretextando que su pelota había rebotado y saltado por encima del muro. ¡A otras con eses cuento! Las monjas no eran fáciles de engañar!

Inmóvil, en el centro de la estrecha calzada, deja que su corazón llore silenciosamente la infancia perdida.

Súbitamente la luz cambia, el callejón resplandece. Al otro extremo aparece la figura imponente del padre. Oye el silbido penetrante con que anunciaba su regreso y que servía de toque de llamada a la familia. Desgraciadamente, tras múltiples ensayos, Ana tuvo que renunciar a silbar como el padre y las hermanas. La madre tampoco silbaba, claro. Pero era una señora.

Levanta los ojos y ve a su joven y bonita madre inclinada sobre la barandilla del único balcón del palomar.

La calle se llena de gritos de los niños de antaño. "Pásame el balón". "Has hecho trampas". "A mí, mis fieles vasallos". "Asaltemos la fortaleza de los bastardos". "A por ellos". "Mientes". "Eres tú, quien miente". "Si lo tomais así, no juego". "Marimandona". "Eres una marimandona". "Contaré todo a mi padre". "Tu padre es un desgraciado". "¿Y el tuyo?". "Sí, pero yo tengo un tío policía". "Nos pasamos por donde sabes a tu tío el 'guiri' ". "¿Y qué podemos hacer con sólo veinte céntimos?"

La ilusión se desvanece. La calle vuelve a quedarse silenciosa, gris, siniestra.

Ana regresa a la calle Santo Tomás, observa con melancolía las ventanas cerradas de Josefina (llamada también irónicamente "farineta", por su tez cetrina), las persianas medio arrancadas cuelgan lúgubrementge. La casa de Rosarito y de Angelita están también deshabitadas. El taller de fontanería, donde se reunían los días de lluvia, no existe. La lujosa pastelería, objeto de tantos sueños hambrientos, es sólo un pequeño antro.

¿Por qué haber venido hasta aquí?

Plaza del Árbol, calle de la Cruz, plaza del Carmen...

En cada puerta, en cada ventana, anida un retazo de su infancia.

Pero los recuerdos fueron conservados al abrigo del tiempo como algo precioso y, día tras día, fueron ornados con amor. Mientras que, a la inversa, el tiempo inexorable, ha arruinado lo que era viejo convirtiendo en miserable lo que tal vez sólo era pobre. El tiempo.

Empieza a comprender el por qué de las crisis de melancolía que se apoderaban de ella repentinamente. Los padres se asombraban de sus súbitos mutismos, de sus inexplicables lágrimas... habrían debido, más bien, extrañarse de ver a sus hijas reir.

Dichosamente los niños, como los saltimbanquis, llevan dentro de sí lo necesario para disfrazar la realidad.

* * *

He aquí la estación donde, adolescentes, se apeaban a media tarde, deslumbrantes de limpieza y juventud, y a la que volvían menos limpias, cansadas y sin aliento, por haber corrido para no perder el tren de las 21:45. El que tomaban las niñas "bien". Frecuentemente sólo bajaban a la ciudad para poder codearse, al regreso, con gente que las ignoraba deliberadamente.

Las otras chicas, que ni les miraban, hablaban entre ellas de la película que habían visto en un cine de estreno, o del salón de té donde habían merendado. Mientras que ellas arrastraban su aburrimiento, de calle en calle, en espera de los veinte minutos supremos que duraba el viaje de regreso.

Ni siquiera los chicos que las cortejaban, a escondidas, se atrebían a hablar con ellas, por el ¿qué dirán?

Saludaban, sí, pero de manera que nadie supiese con certeza a quién iba dirigido el saludo.

Patético recuerdo. ¿Qué hacer? ¿Reir o llorar? Las dos cosas.

* * *

No ha querido tomar un taxi. Sin el viaje en tren el peregrinaje no tenía sentido. Nunca hubiera podido imaginar que "la lata de sardinas" fuese tan fea, tan destartalada y tan incómoda.

Los jardines que bordeaban la vía férrea han cedido el lugar a cobertizos, a depósitos siniestros, a fábricas y a viviendas protegidas, recien construidas, pero ya con el enlucido de sus fachadas desconchado.

Por doquier bosques de antenas de televisión y ropa tendida.

Las fincas crecen sin orden ni concierto, alternan con vertederos, parcelas exiguas de huerta y algunas villas señoriales que conservan de su pasado un melancólico recuerdo.

Contrastando con las majestuosas villas abandonadas, se erigen algunas casitas, megalómanas, y con pretensiones de chalet, cuidadosamente conservadas.

Fin de trayecto.

Baja del tren, rodea el último vagón, hace un alto delante del paso a nivel y repite automáticamente los gestos mil veces hechos.

Al pasar delante de la estación da una rápida ojeada a la sala de espera en la que algunos viajeros permanecen inmóviles y silenciosos.

¡Qué cansados, resignados y míseros parecen!

Sin embargo no pueden ser más pobres que los viajeros de antaño.

Da la espalda a la estación, tuerce a la izquierda y coge la avenida que sube hacia la calle Mayor.

Aquí compró sus primeros zapatos de tacón, hechos a medida por un artesano.

¡Qué escándalo provocaron aquellos zapatos!, gracias a los cuales era más alta que el padre.

¡Cuánto los había deseado! ¡Cuánto los quiso! Tiernamente. Apasionadamente. Durante algunas horas.

Aún cree verlos. ¡Eran simplemente horribles! Tacón demasiado alto, punta redondeada, mal escotados, cuero inflexible. Nunca supo a medida de quién habían sido hechos, en todo caso no a la suya. ¡Qué suplicio ponérselos! Pero por nada del mundo hubiera confesado que recién estrenados ya le parecían de un gusto execrable, y como era la única en darse cuenta de la fealdad de aquellos objetos de tortura. Todas sus amigas encargaron, al mismo artesano, el mismo modelo de zapatos. No tuvieron más suerte que ella, todas sufrieron mil tormentos, y ninguna confesó su martirio.

Aquí es donde oyó una tarde llorar desesperadamente a un pobre bebé-gato abandonado, e, inflexible siguió su camino, porque la madre había prohibido que llevaran animales a casa.

Todavía enrojece al recordar su cobardía.

A medida que avanza, su corazón se achica, sangra, implora piedad.

Las fincas de varios pisos han reemplazado a las villas.

Las hojas de las palmeras, que todavía no han sido arrancadas, y que fallecen lentamente, convertidas en estopa, se agitan tristemente.

Ya no hay acacias.

Ni mimosas.

Ni magnolios.

Ni bungavillas.

Sólo escombros por doquier.

Colmo del sacrilegio, la pineda de la inmesa plaza (en realidad no es tan grande como la recordaba) ha sido arrasada para construir un parking y las villas que la rodeaban, delante de las cuales los veraneantes se intalaban para aprovechar el fresco del crepúsculo, han sido reemplazadas por algunas viviendas baratas.

De vez en cuando, entre dos edificios, una villa abandonada, puertas y ventanas condenadas con dos vigas en forma de aspa, "chiquitas de angustia", se resignan a morir asfixiadas por el polvo que se desprende del suelo reventado, de las canteras y de las obras a medio construir. ¡Todo parece a medio hacer! Como si hubiera llegado antes de la hora invitada indiscreta.

La villa del coronel, una de las más hermosas, ha resistido las embestidas de los promotores. Pero acosada por edificios que la dominan, la aplastan, ha perdido mucho de su encanto, y las tapias que rodean al jardín, ya no protegen la intimidad de los habitantes de la casa, punto de mira de cientos de ventanas.

La casa del catedrático de historia, arrasada.

La del gerente de los grandes almacenes, barrida.

La del dentista, desaparecida.

Tormento de los tormentos; la villa siempre cerrada, que le servía de atalaya, ha sido también derrumbada.

¡Cuántos sueños tejidos en el pórtico de aquella casa que consideraba como suya!

Se instalaba al caer la noche y, oculta entre las sombras profundas que la rodeaban, planeaba huir.

A sus pies, en el fondo del pequeño valle que separaba dos pueblos, ahora prácticamente unidos, se deslizaban los trenes eléctricos. Y, aun sabiendo que la línea férrea cesaba unos kilómetros más lejos, tal vez diez, tal vez quince, se complacía en imaginar que daba la vuelta al mundo. Mientras tanto, cada vez que hablaba a sus padres de irse provocaba una lluvia de reproches, de llantos, de gritos y de insultos.

¿Así que quería abandonarlos? ¿Para ir a dónde? ¿Dónde sería tan feliz como en su casa? ¿Qué haría lejos de ellos, la muy desgraciada?

—¡La muy puta!, —gritaba el padre, hábilmente manejado por la esposa y la hija mayor. ¿Pues no dice que quiere trabajar? ¡Si no sabe hacer nada! ¿Trabajar? Por nosotros puedes empezar mañana mismo.

—Trabaja si quieres, pero aquí, —sugería la madre. Cerca de tu casa.

"Aquí" no había trabajo para nadie. A no ser que consiguiese entrar en la fábrica de seda, o en la de cigarrillos...

—¿Por qué no?, —decía Ana que estaba dispuesta a todo, con tal de no depender de los suyos.

—¿Por qué no?, —aceptaba el padre.

—¿Cómo que por qué no?, —se escandalizaba la madre. ¿Habeis perdido el juicio? ¿Pero habeis visto quién trabaja en esas fábricas? ¡La escoria!

—¡No, no y no! No podemos permitir que nuestras hijas trabajen en uno de esos lupanares. Si te empeñas en hacer algo, busca un empleo decente.

Ana protestaba. Aparte de las fábricas de seda, de cigarrillos, de fuegos artificiales, no había nada en veinte kilómetros a la redonda.

¡Pues que tuviese paciencia y acabaría casándose con algún honrado obrero!

La madre nunca la imaginó mejor casada que con un peón.

¿Casarse con alguno de aquellos desgraciados que soplaban el vidrio y acababan tísicos? ¿Con uno de aquellos pobres diablos con las manos callosas, prematuramente envejecidos y frecuentemente ebrios? ¡No, gracias!

—¡La "duquesa" tiene miras más altas!, —decía el padre, sarcástico.

Pues sí, había puesto los ojos si no mucho más alto, mucho más lejos.

De todas maneras, "la duquesa" no pensaba escapar del dominio del padre para caer bajo la férula de otro hombre. La "duquesa" quería ser libre a toda costa, y los trenes que atravesaban la noche, los aviones que aterrizaban en el aeropuerto invisible, simbolizaban la libertad.

Volvía a la carga todos los días. Todos los días la madre le acusaba de hacer lo imposible para torturarla y de buscar camorra.

—Vas a enfadar a tu padre, decía para recordar al marido que era el momento de enfadarse, y el padre, complaciente, se ponía hecho una fiera y abofeteaba a la hija que soñaba con evadirse.

—¡Te está bien empleado!, decía la madre satisfecha. Eso te calmará un poco.

"Eso" no la calmaba. Al contrario, "eso" acrecentaba su deseo de huir. Y, puesto que la retenían contra su voluntad, juraba hacerles la vida imposible, obligarles a abrirle las puertas de la jaula.

Mañana, tarde y noche, exigía que la dejasen irse. Las negativas de los padres sólo conseguían que Ana se encabritase, se pusiese insolente con la madre, con la hermana mayor y con el fantoche del padre.

—Se ha vuelto odiosa, —se quejaba la madre.

—Si fuese hija mía... —sugería Dolores. ¡Os juro que la domesticaría a palos!

Odiosa o no, el padre juraba que sólo saldría de su casa para casarse. O cuando fuese mayor de edad.

Pensar en todos los años de libertad que querían robarle, la ponía furiosa. ¡Las cosas no se quedarían así! ¿Querían la guerra? ¡La tendrían!

A portazos, a gritos, a coces, les hacía la vida imposible. Tan pronto se aislaba y se negaba a hablar con los suyos, como respondía a cualquier observación con insolencia.

La madre suspiraba. —"Hacerme esto a mí".

Noche, mañana y tarde, provocaba discusiones violentas, llantos y conciliábulos.

El padre gritaba airado:

—Si te empeñas en matar a tu madre a disgusto no vas a conseguirlo, antes te meto en el reformatorio.

—¿A que no te atreves?, —retaba la rebelde.

—¡No me desafíes!, aullaba el padre, furioso de verse implicado en aquella guerra de mujeres.

¿La retenían a la fuerza? ¡Tarde o temprano la perderían para siempre!

Ana provocaba tanto al padre, le desafiaba con tanta obstinación e insolencia que Esperanza, que estaba discretamente de su parte, le reprochaba, bajito, llevar las cosas demasiado lejos.

—Es la guerra, —decía Ana inexorable.

Al final, la madre aseguraba que no comprendía por qué no la ponían en la puerta.

—¡Que se vaya y que no vuelva nunca! ¡Y que tengamos, al fin, un poco de paz!

—¿Me echas de casa?, —provocaba Ana.

La madre no recogía el guante.

* * *

La hija amenazaba con emanciparse. No lejos de allí, alguien buscaba una criada, aceptaría el empleo y al cabo de seis meses de trabajar y vivir bajo un techo honrado, el juez le acordaría la mayoría de edad.

—No podeis impedirme que trabaje honradamente. Pronto seré libre.

—Para hacer de puta, decía Dolores lo bastante alto para que lo oyera el padre, y lo bastante bajo para que no la oyese la hermana.

Dolores no podía soportar la idea de que Ana fuese feliz y, en el fondo, nadie dudaba que lejos de la familia, lo sería. ¡La muy descastada!

Sí pero, había que ver más lejos. Pensar en la vejez, en la de Ana, claro. Había que impedir que se comportase como la cigarra de la fábula. Para eso estaban ellos, para evitar que las hijas hiciesen locuras. Algún día se daría cuenta del desinterés de los padres.

¿Desinterés? Ana limpiaba, lavaba, planchaba, zurcía, hacía toda la ropa de la casa. Los vestidos de las hermanas, los calzoncillos del padre, las cortinas, los paños de cocina... Hasta había tapizado un canapé, verdaderamente "chic" con unos retales de cretona y confeccionado un chaquetón para el padre, con una vieja capa militar.

Pero la familia parecía ignorar el papel que Ana desempeñaba en la economía doméstica.

Ana misma no se daba cuenta de ser tan útil, puesto que continuamente le aseguraban que no servía para nada.

Al cabo de varios meses de infierno, le permitieron ir a buscar un empleo en la capital, con la esperanza secreta de que no lo encontraría.

¡Tan joven, tan petulante, y sin referencias! ¿Quién querría emplearla? Suponiendo que encontrase un empleo, la iban a explotar tanto y tanto, que se desanimaría y volvería al redil con las orejas gachas.

Tal vez sufriría otro desengaño amoroso. Tal vez caería enferma y regresaría maltrecha como Don Quijote, tras cada una de sus salidas.

Los padres se regocijaban ante el inevitable fracaso de su hija.

La capital la acogió como una madrastra.

Mientras que los hombres se ofrecían encantados a ayudarla (pero ya hablarían de eso mientras cenaban, porque lo primero era conocer la capital "by night"), las señoras a las que visitaba (con el ABC bajo el brazo) para solicitar, primero un empleo como "señorita para cuidar niños", más tarde una plaza de niñera y finalmente un puesto de criada para todo, la recibían con desconfianza.

A medias palabras, la reprochaban dar una imagen demasiado buena, ser demasiado joven... ¿Y el pelo? ¿No podía cortárselo? "Esas mechas sobre al frente... No, si le sientan bien, pero..." "Y desde luego en nuestra casa las chicas no se maquillan".

Ana, que no se maquillaba, se mordía los labios para no soltar lo que le venía a ellos.

—Pero dígame, ¿se pone sandalias con frecuencia? Porque el señor no tolera que las muchachas enseñen los dedos de los pies...

¡Era demasiado joven, demasiado moderna, demasiado

"bien"! No era una chica de servicio. ¿Por qué se empeñaba en fregar pisos?

Una de las señoras osó confesarle que no podia darle el empleo, porque era demasiado "atractiva" y estaba segura de que el marido no la dejaría en paz.

Sintió deseos de llorar y lloró. De rabia y de desaliento, y la señora se sintió avergonzada de esta situación injusta que impedía a una pobre muchacha ganarse honradamente la vida, sólo porque su marido era un mujeriego empedernido. Si la chica no cedía, le haría la vida imposible. Si la chica cedía, sería ella quien la pondría de patitas en la calle.

Además de atractiva, tenía como cierto magnetismo, buenos modales, hablaba muy correctamente (mejor que la señora), parecía inteligente... ¿Y si se largaba con el esposo?

Al fin, encontró un empleo como costurera y pudo quedarse en la capital, el tiempo justo para tramitar su pasaporte y ahorrar dinero para emprender un largo viaje.

El país se le había quedado pequeño; la capital había sido sólo un primer paso hacia la libertad.

* * *

Unos meses más tarde, cuando volvió a su casa, no fue con las orejas gachas, ni molida a palos, ni baqueteada por la vida. Aunque estaba algo desilusionada, no se notaba.

Al contrario, volvía segura de sí misma y más insolente.

A la pregunta sarcástica del padre:

—Dime, hija, ¿te has cansado de trabajar?, ¿te jubilas ya?

Ana contestó, calmosamente, que había venido a despedirse antes de irse al extranjero.

La madre palideció, al padre se le atragantó la sopa y Dolores comenzó a chillar como una corneja.

—¡Os previne! ¡No hubierais debido dejarla irse! ¿Así que la niña ha vuelto con la idea de hacernos la vida imposible?

Esperanza, al corriente de los planes de Ana, no había imaginado que los padres tomarían tan mal la cosa. ¡Hacía tanto tiempo que habían perdido irremediablemente a Ana, que no comprendía tantos aspavientos!

* * *

Al día siguiente la madre sufrió su primer ataque de epilepsia.

—Tienes que esperar a que se reponga, —suplicó Esperanza.

Ana se sintió atrapada. ¿Por qué habría venido a decir adiós a los padres?

* * *

Desde que la madre sufría ''mareos'' pasajeros, todos evitaban hablar de viajes, hasta que, aprovechando una mejoría, Ana decidía irse, y la madre parecía siempre sorprendidísima por estos ''inesperados'' deseos de viajar de la hija. ¿Y dónde quería ir? ¿Qué nueva chaladura era esta?

La dolorosa sorpresa reactivaba la enfermedad, en un abrir y cerrar de ojos la madre caía al suelo, se convulsionaba y echaba espumarajos.

¡Y vuelta a empezar!

Meses y meses transcurrieron y cada vez que, decidida a irse, sacaba su maleta, la madre completamente restablecida, sufría un nuevo ataque.

—¡Te has propuesto matar a tu madre!, acusaba el padre.

A falta de argumentos, Ana se callaba.

Sabía que las cartas estaban trucadas. ¿Cómo probarlo?

Los ataques de la madre avivaban sus deseos de huir. ¡Lo antes posible! Antes de que sus hermanas lograran casarse y la trampa se cerrase definitivamente sobre ella.

Pero el mal de la madre parecía querer prolongarse hasta que la hija ingrata olvidase sus descabellados planes. ¿Qué iría a buscar en tierras extrañas? ¿No tenía una familia amante? ¿Una madre abnegada?

Una madre abnegada que hacía como si no supiese en lo que soñaba la muchacha en flor. Una madre cuya mirada estaba siempre preñada de reproches. Una madre que creaba una atmósfera irrespirable, tan pesada como una lápida mortuaria.

Como la lápida que Ana temía tener que colocar sobre la tumba de sus ilusiones perdidas.

Con rabia en el corazón, pero tranquila en apariencia, para no agravar el estado de la madre, veía desfilar los meses, vertiginosamente, y cada atardecer, lloviese o helase, venía a esconderse en el pórtico de la casa desaparecida, para ver pasar los trenes y repetirse obstinadamente que ella también se alejaría y se perdería en la noche.

* * *

Al menos no había inventado aquellos gloriosos días del verano indio (que la madre llamaba de San Martín, recordando acto seguido que a cada puerco le llegaba su... ¡qué aguafiestas la madre!). Ni la visibilidad, casi dolorosa, que parecía poner al alcance de la mano las montañas más lejanas. Ni el viento tibio al sol y agrio a la sombra. Al fin, recuperaba algo agradable de su pasado.

Pero pronto el airecillo se convierte en tornado. El viento arrastra arena y polvo arrancados a las obras y canteras vecinas, y en el torbellino de polvo, danzan papeles sucios y otras porquerías. ¡El progreso!

Treinta años antes el papel era algo precioso. Incluso el papel grosero grisáceo con el que los tenderos hacían cucuruchos para vender al peso, por cuartos y octavos de kilo, azúcar, sal, judías...

Un recuerdo trae otro: Ana observaba cómo la madre desempaquetaba sus compras, alisaba el papel de estraza, lo plegaba en cuatro y lo guardaba para múltiples usos domésticos: limpiar cristales, o conservar un resto de pan rallado.

La madre no tiraba nada, sus armarios estaban llenos de pequeños paquetes misteriosos en apariencia y que sólo contenían restos.

* * *

Tuerce a la izquierda: La amplia avenida bordeada de acacias donde vivía, parece haberse encogido.

La villa del notario, rosa pastel ha sido reemplazada por un edificio de cinco pisos.

De la de la viuda del farmacéutico sólo queda un montón de escombros.

Cerca de la casa de los Solares, decrépita, polvorienta y solitaria, una voz interior la suplica: —¡Basta!

Despiadada Ana continúa su inspección.

De las enormes puertas de cristal del salón de verano de los Solares, sólo queda la madera podrida y algunas agresivas aristas de vidrio... Si este salón no hubiese existido, quizás su ambición no se habría despertado nunca.

Aquí se daban las fiestas más animadas, de las que estaba excluida. Y aunque decía detestar los "guateques", la exclusión la mortificaba más que todas las exclusiones de las que eran objeto, ella y sus hermanas.

Cuando no soñaba con abandonar el país y hacerse rica, imaginaba ser una invitada más en este salón que le parecía ser el summum de la elegancia.

Pero, zalamera en invierno, Soledad Solares se volvía distante y como afectada de miopía durante el estio.

En verano, cuando ardía en deseos de contar sus últimos éxitos, la atraía a su casa con un pretexto u otro, siempre al comienzo de la tarde, cuando el calor agobiante recluía a los veraneantes en sus casas y estaba segura de no ser vista en tan miserable compañía. Porque los padres de Ana eran pobres como ratas y, aún peor, se murmuraba que eran rojos... Tal vez fueran bulos, pero nadie de la familia ponía los pies en la iglesia.

Soledad acechaba a Ana por entre los intersticios de las contraventanas, que permanecían herméticamente cerradas hasta el atardecer. La enganchaba al pasar por la acera, la arrastraba hasta el sonbrío y acogedor jardín rodeado de altas tapias.

¿No sabía que la noche anterior había dado una fiesta? ¿Cómo podía ignorarlo? El pick-up había funcionado hasta las dos de la mañana. ¿Y por qué no vino?

—Porque no me habéis invitado, —hacía observar Ana.

—¿Cómo?, —se ofendía hipócritamente Soledad, ¿desde cuándo necesitas ser invitada para venir? ¡Esta es tu casa!

Las dos sabían que no había que tomar la afirmación al pie de la letra. Otras veces Soledad, fálsamente dolida, preguntaba:

—¿Cómo pudiste olvidar mi invitación?

Ana conocía el valor de las protestas vehementes de Soledad, pero fingía creerlas, porque Soledad tenía un hermano del que las dos estaban perdidamente enamoradas.

De las dos era Soledad la que más sufría viendo al hermano en compañía de otras chicas, lo cual no le impedía utilizarle como señuelo para introducirse en las casas de las veraneantes más altaneras.

Pérfida, insinuaba a la niña de la casa que el hermano la había visto de lejos, había hecho elogios de ella y preguntado su nombre. "Y créeme, mi hermano no se entusiasma fácilmente".

El hermano en cuestión, un Don Juan de provincias, entraba plenamente en el juego de Soledad, a la que él también utilizaba como anzuelo.

Ana se daba cuenta de las artimañas perversas de los dos hermanos, pero prefería engañarse y acusarse de tener una imaginación febril.

—Figúrate que había prometido a varios chicos que vendrías.

Soledad no dudaba un instante en dar los nombres de los amigos que habrían querido conocerla, los más guapos y ricos, puesto que Ana no tenía posibilidad de verificar si mentía.

—Durante toda la velada estuve pendiente de la puerta pensando en que ibas a llegar de un momento al otro.

"¡La cara que habría puesto si llego a presentarme!", pensaba Ana que no se hacía ilusiones.

A pesar de todo sufría por la deslealtad de esta amiga que sólo la frecuentaba porque a falta de pan...

Ninguna de las dos era tonta. Las dos sabían que la otra sabía. Y cosa absurda, Ana sentía un poco de afecto por Soledad y Soledad encontraba agradable la compañía de Ana. En otras circunstancias tal vez la hubiera invitado a sus fiestas. Si Ana hubiese sido menos pobre y menos atractiva. Al temor de verse eclipsada, se añadía el miedo de que el hermano cayera en las redes de la vecinita, recatada en apariencia, (en el fondo, una lagartona, como todas las chicas que iban detrás del hermano) y el temor al qué dirán. La familia de Ana estaba condenada a una cuarentena perpetua.

—¿De quién fiarse?, preguntaba la madre de aquel don Juan llamado Juan.

Sin embargo, en invierno, madre y hermana facilitaban los encuentros de Ana y Juan, a los que vigilaban estrechamente para no perder el control de la situación.

Madre y hermana estaban preparadas para intervenir si el devaneo tomaba proporciones alarmantes.

* * *

El flirt entre Juan y Ana contrariaba a todos.

La familia de Juan opinaba que ¿por qué flirtear tan cerca de casa? "Donde habites, no cohabites". Además que la "cosa" duraba demasiado para ser considerada un mero pasatiempo. La chica podría acabar creyéndoselo.

La familia de Ana pensaba que lo correcto sería venir ante todo a hablar con los padres y no andar escondiéndose por las esquinas. Aunque, de todas maneras, se opondrían con firmeza al noviazgo, ya que el zángano del vecino, que tenía quince años más que la hija, era vago, mujeriego y pertenecía a otra esfera social. "¡Cada oveja con su pareja! ¿No ves que sólo quiere pasar el rato?"

Dolores era, naturalmente, la artesana de la oposición de los padres.

La pobre padecía mil tormentos viendo a sus hermanas florecer y, literalmente enferma de envidia, empleaba todos los medios a su alcance para hacerles la vida imposible.

Menos envidiosa, pero aterrada ante la idea de que las hijas escapasen a su control, la madre la secundaba y sugería al marido todo lo que debía prohibir a sus retoños, por decencia.

El marido no tenía ninguna picardía, no veía el mal y si ella no estuviera allí para consejarle y pincharle, habría permitido todo a las descocadas.

Excitado por las dos egerias, atronaba la casa con sus gritos y juraba que sus órdenes (cada vez más perentorias y represivas) serían acatadas, aunque para ello tuviese que romper las costillas a las desvergonzadas.

Jamás se dió cuenta de que las órdenes, que quería que fueran obedecidas a toda costa, iban contra sus principios liberales, y sus intereses.

Encolerizada, Ana le acusaba de dejarse llevar por la hermana (en aquella época todavíax no ponía a su madre en tela de juicio), el padre se indignaba, se ponía al borde de la apoplejía, ¿acaso era él un pelele?

La esposa era tan astuta que, conociendo el fuerte espíritu de contradicción del marido, le desaconsejaba a menudo hacer lo que ella quería que hiciese; el truco funcionaba siempre.

Por otra parte, la madre daba sabios consejos a sus hijas de cómo manejar a los hombres sin que éstos se apercibiesen. Bastaba darles la impresión de ser los amos de la casa, incluso de la creación, halagarlos, no cogerlos nunca de frente. ¡Si eran todos tontos!

El poder de una mujer consistía en el arte de manejar los "sí, pero", "claro, mas"... "sin duda", "sin embargo". "tienes razón, aunque", "es una idea genial, pero". Oir a la madre sacaba a Ana de sus casillas.

Ella no quería gobernar disimuladamente, y tampoco se trataba de gobernar, sino de compartir ideas y responsabilidades, de no poner su destino en manos de nadie, por muy inteligente que ese nadie fuese; pero si era cuestión de gobernar, ella quería ejercer abiertamente su parte de poder.

—¡La vida te obligará a doblar el espinazo!, —aseguraba la madre.

Demasiado orgullosa para andarse con rodeos, Ana pregonaba sus sentimientos por el vecino, aseguraba que esperaría el tiempo necesario, que se casaría con él contra viento y marea.

E incluso contra el "novio" que jamás había pensado en contraer matrimonio con ella.

Mientras llegaba el feliz acontecimiento, burlaba la estrecha vigilancia de sus padres y hermanas para ir a deslizar misibas amorosas en una de las grietas de la roca que les servía de confidente.

¡Cuánto más fácil hubiera sido actuar como sus hermanas! Buscar la complicidad de alguna amiga o vecina, decir ir de compras con ella y ver a escondidas al don Juan. ¡Pero no! La obstinada se negaba a pasar a la clandestinidad.

Con el corazón oprimido, esperaba horas enteras algún ruido procedente de la planta baja, anunciador de que su mensaje había llegado a su destino, porque vivía con el temor de ver violado el escondite de sus cartas.

El ruido alertaba invariablemente a su madre, frecuentemente era ella quien, muy mosca, bajaba a recoger la rosa que yacía en el suelo del recibidor, y, a pesar de todo, daba la flor a la hija, aunque aseguraba que no debería y que uno de aquellos días pescaría al zángano en flagrante delito y le cantaría las cuarenta. ¿No era ridículo que a su edad hiciese tonterías como la de ofrecer una rosa cada mañana a Ana?

Hasta Esperanza, despechada, hacía coro a la madre. ¿Se creían Romeo y Julieta?

Las cuchufletas no le importaban a Ana, que se embriagaba con el perfume de la rosa, íntimamente turbada imaginando que Juan había besado la flor, un momento antes.

Luego volvía a vigilar la casa vecina a través de los intersticios de las contraventanas.

En la otra acera, una contraventana mal cerrada daba a entender que el vecino esperaba también la ocasión de ver a la amada.

Ana supo, mucho más tarde, que la contraventana entreabierta era un engaño; que mientras ella acechaba la oportunidad de ver a su pretendiente, éste leía tranquilamente en el jardín.

* * *

Sonríe enternecida y divertida recordando aquella Ana absurda. Estuvo locamente enamorada, como sóio se enamora uno a los quince años, "at first sight". Para siempre.

"Para siempre" duró cinco años. Si las familias no se hubiesen opuesto, este "amor desesperado", habría durado unas semanas.

Aunque tenía que reconocer que doña Carmina fue bastante astuta; en lugar de prohibir a su hijo que frecuentase a una chiquilla muerta de hambre, le recordaba que él todavía no tenía un porvenir. Más tarde... tal vez... ¡Mucho más tarde!

No solamente no se oponía abiertamente a estas relaciones, sino que hacía lo necesario para no enfadar a la vecinita que le era útil en muchos aspectos. Desde hacerle kilómetros de vainica, hasta retener al hijo en casa cuando temía que fuese a reunirse con la viuda del farmacéutico, mujer alegre y de armas tomar. ¡Esa sí que sería capaz de echar el gancho al bobalicón de su hijo!

Así que recibía a Ana con los brazos abiertos (en invierno, claro, cuando no tenían visitas de alcurnia), y hasta enviaba a la criada a buscarla con cualquier pretexto, y la madre de Ana no osaba rechazar la invitación confiando la adolescente a doña Carmina.

Doña Carmina cerraba los ojos, cuando aprovechando alguna ausencia de Soledad, que defendía su propiedad como una leona protege a su camada, los enamorados se estrechaban la mano bajo las faldas de la mesa camilla e incluso les facilitaba algunos momentos de soledad en el jardín.

Primero enviaba al hijo a buscar algunas hierbas aromáticas, luego:

—Ana, vidita, ve a ver qué hace Juan que tarda tanto.

Alguien más malicioso que Ana se hubiera preguntado si madre e hijo no estaban de acuerdo.

¡Al fin solos! Y protegidos de las miradas indiscretas por los altos muros.

Había días en los que doña Carmina osaba esperar que la chica cediera a los caprichos de su retoño y perdería así toda la atracción que ejercía sobre él. La niña "rancia" empezaba a quitarle el sueño.

¿Qué veía el hijo en la chica? ¡La pobrecita no valía nada! ¡Teniendo tantas herederas a su alcance! ¡Y con todos los sacrificios que ella hacía para vestir a los "niños" como príncipes y ofrecer banquetes a los padres con hijos e hijas casaderos!

A menudo odiaba a sus invitados, que se ponían morados y parecían ignorar las privaciones del día siguiente. Tal vez fuese este rencor reprimido el que la ponía tan enferma que tras cada "recepción" tenía que guardar cama varios días. O tal vez fuesen los excesos a los que no estaba acostumbrada.

Las migajas de soledad echadas a los enamorados le parecían rápidamente una eternidad; al final, no pudiendo controlar los celos, se precipitaba al jardín. Unas veces con tambores y trompetas, para no sorprender nada indecente. Otras con pasos de lobo, con la esperanza de encontrarles abrazados y poder armar un escándalo a la mosquita muerta que abusaba de su hospitalidad. "Eso me pasa a mí porque soy demasiado buena. Así aprenderé a ser menos confiada y a no abrir mi casa a cualquier pelandusca".

Tambores y trompetas o pasos de lobo, dependían de su estado de ánimo.

Pero nunca pudo interpretar la escena del abuso de confianza.

Por el momento la adolescente soñaba sólo con un amor platónico; temía demasiado al don Juan, cuya reputación dejaba tanto que desear. Chismes, cotilleos... Pero más prudente sería mantenerle a distancia. Además doña Carmina les daba demasiadas facilidades... Los consejos de la madre, rechazados con violencia, acudían en tropel cuando se encontraba a solas con Juan y una potente sirena de alarma resonaba ensordecedora en su cabeza. Era superior a ella, su prudencia era tal que no permitía que el "novio" se le acercase a menos de un metro de distancia.

El "novio" pensaba que la niña ñoña acabaría haciéndole perder el juicio. ¡Ni siquiera el día en que fingió desvanecerse, consiguió que la pazguata se le acercase!

Aunque ignoraba que el desmayo era fingido, Ana le observó unos instantes, sorprendida y no alarmada (la escena tenía algo de irreal) antes de correr a buscar a doña Carmina.

—¿No te has acercado a ver lo que le pasaba?

Pues no se le había ocurrido. Además si no le pasaba nada, ¿para qué acercarse? Y si le ocurría algo grave, poco hubiera podido hacer por él, aparte de buscar socorro.

La frialdad de la mojigata ponía negra a doña Carmina. ¡Con tanta gazmoñería mantendría al hijo en vilo toda la vida!

Juan rabiaba porque pensaba que la chica valía poco, pero esperaba que la niña diera el sí para desinteresarse de ella sin "consumar", porque no era eso lo que le interesaba.

* * *

Los veranos sucedían a las primaveras, los otoños a los veranos y el play-boy no hacía ningún progreso. Todas sus maniobras de seducción, todos los trucos que funcionaban maravillosamente con otras chicas, fracasaban con la vecinita. Tal vez en el fondo no fuese tan ingénua. En todo caso tenía más cerebro que corazón. Era un témpano. O quizás fuese algo lerda.

Despechado, pasaba y volvía a pasar bajo el balcón de la "novia" llevando de la mano a alguna veraneante, incluso medio abrazándola, para demostrar a la ingrata que las otras mujeres eran más modernas que ella. Olvidaba contestar a los mensajes de Ana, dejaba de fingir acecharla por las contraventanas mal cerradas y de enviarle la rosa cotidiana.

Ana deploraba tanta inconstancia, rompía las relaciones y, decidida a dar la vuelta a la página, comenzaba a salir con Esperanza, que llevaba siempre, por lo menos, dos novios al retortero.

Despechado al ver que Ana se le escapaba, Juan mendigaba el perdón, jurándose a sí mismo que esta vez se la llevaría, no al río, porque no tenía nada de poeta, sino al catre.

Entretanto Ana había envejecido tres años y si la preñaba, no estaría obligado a pasar ante el cura.

Obtenido el perdón, comenzaban las grandes maniobras.

Las cosas no eran tan simples. La niña sólo aceptaba verle

a la luz del día, en público... Imposible violarla... Además. ¿cómo burlar la vigilancia de Soledad, cada día más celosa?

* * *

—"Te da igual que sufra". "Sólo te pido una prueba de cariño". "Si sintieses por mí el mismo 'anhelo' que yo por tí, te comportarías menos egoistamente". "No tienes confianza en mí".

—¡No!

Tuvo que cortejar clandestinamente a una vecinita recién casada, que gozaba de toda la confianza de los padres de Ana y que aceptó ser su cómplice. Por celos y por rabia de que se acostaran con ella sólo para obtener su complicidad. Y porque se sentía acomplejada ante la cursi que decía ¡no, no y no!

Cuando Juan creía haber triunfado, sus planes se vinieron abajo. Ana rechazó, ofendida, la oferta de la vecina que se decía dispuesta a prestarle ayuda para remediar la injusticia comtida por los padres, demasiado severos y crueles. "Pero tú tranquila, yo no me moveré de casa".

¡Poco amiga de ella debía ser esta vecina que de tan buen grado aceptaba hacer de Celestina! Y además poco digna de la confianza de los padres.

* * *

La madre, ciega, reprochaba a Ana mostrarse repentinamente fría con Pepita. ¡E incluso grosera! Ana apretaba los labios furiosa y se preguntaba si existía algo más obtuso y estúpido que una madre.

* * *

El idilio alarmaba ya a doña Carmina y a Soledad, sobre todo porque la vecinita había crecido muchísimos centímetros y empezaba a tener curvas discretas que imantaban las miradas de todos los hombres. Chicos y grandes. Jóvenes y viejos.

Aunque, despechadas, continuaban preguntándose "¿qué podían encontrar los hombres en ese costal dehuesos?"

—Sinceramente, hijo, no sé lo que te atrae de ella. ¡Si es filiforme!

—Filiforme, —reptía el hijo, poco convencido.

Filiforme o no, la chica empezaba a obsesionarle.

* * *

En el extremo de la calle, justo en el centro de la cuesta que descendía hacia los barrios más pobres, su antigua casa con las puertas y ventanas condenadas por planchas de madera clavadas en forma de aspa, se desmoronaba.

La balaustrada del balcón que recorre la fachada debe conservar el recuerdo de las plantas que la madre cuidaba con amor. Geranios, geranios hiedra, pelargonios... En fin, toda clase de geranios (porque eran menos caros y la madre no había ni siquiera pensado en cultivar plantas "de ricos"), que colgaban en cascada hacia la calle y embalsamaban el aire durante casi todo el año.

La madre, que tenía "la mano verde" estaba orgullosa de su jardín colgante que atraía la mirada de todos los paseantes.

Pero eso era entes de la "desaparición" de "la pequeña".

Cuando la peque "se fue", continuó ocupándose de sus plantas, pero sin placer, automáticamente.

Ya sólo parecía interesada en el brillo de sus cacerolas de aluminio, que frotaba cada día, durante horas, con blanco de España.

Aunque la manía de frotar las cacerolas venía de tiempos remotos.

Y la tristeza. Y la severidad.

Y siempre luchó contra la glotonería, porque no tenía ni paladar ni olfato.

Mas los "placeres de la carne" comenzó a combatirlos sólo cuando ya no podía disfrutar de ellos.

Una mujer casada "tenía que pasar por muchas cosas" porque "un hombre debe ocuparse" y "en invierno las noches son largas''. Pero citaba como ejemplo; y con admiración a la amiga que pagaba el burdel al marido para no tener que acostarse con él. El asco ''por la cosa'', le vino sin duda cuando el marido la abandonó por otra. Dos años más tarde, cuando regresó al hogar, la esposa se había vuelto aguafiestas y represiva.

Autoritaria y abusiva siempre lo había sido.

Siempre pensó que sus hijas deberían adivinar y satisfacer sus deseos y si las niñas, alocadas, olvidaban esta exigencia, su mirada cargada de reproches, les hacía recordar sus deberes hacia la madre, que nunca pedía nada, a nadie.

Suspiros, gestos apenados, silencios cargados de resignación...

La interrogaban angustiadas. ¡Las ingénuas querían saber qué habían hecho para enojar a la madre!

¡La madre suspiraba y suspiraba! Y solamente, tras varias horas de silencio y de suspiros, preguntaba ofendida:

—¿Cómo os atreveis a preguntarme qué me pasa? Buscad, buscad bien en vuestra conciencia. Algún remordimiento ya deberíais tener.

La angustia de las niñas se duplicaba.

Al fin, la madre dolorida decía:

—¡Hacerme eso a mí!

En vano las hermanas buscaban qué era ''eso''. ''Eso'' era un enigma que tenían que descifrar.

Lloraban y rogaban de rodillas con el corazón destrozado por el enfado de la madre ''martir'' hasta que ésta se dignaba a desvelar el motivo de su enfado. ¡Una nimiedad! ¡Cosas de crios!

—Pero mamá, ¿cómo hubieramos podido imaginar que íbamos a apenarte?

—¡Cuando se quiere de verdad se adivina lo que puede entristecer a la persona querida! —contestaba la madre indignada.

Hacia los trece años Ana se rebeló contra ese perpetuo chantaje sentimental. En cuanto la madre comenzaba a mirar melancólicamente hacia el cielo y a suspirar, Ana desaparecía discretamente.

A veces, para no hacer ''su número'' con la sala medio vacía, la madre le prohibía alejarse. La hija obedecía, pero se abstraía en tan profundas meditaciones que nadie podía ignorar que de Ana sólo quedaba allí su apariencia corporal.

—Te entra por un oido y te sale por el otro, —acusaba la madre resentida.

—Pues, sí. ¡Felizmente!

Esta manera que tenía Ana de aislarse ponía furiosos a los padres. Ni cerraduras, ni candados, ni rejas, la retenían. La hija se les iba entre los dedos, como agua corriente.

En lo concerniente a sus otras hijas, era menos exigente. Fingía creer sus mentiras, cerraba los ojos ante sus devaneos amorosos y hasta recibía en casa a algunos de sus "flirts". Estaba tan segura de su influencia sobre ellas que no consideraba necesario encadenarlas.

Cuando "la peque" les abandonó, sin avisar, los padres fueron incapaces de comprender el motivo de esta huida. ¡La "peque" era tan feliz! ¡Todo parecía sonreirla! ¡El mundo estaba a sus pies!

Sin embargo prefirió morir a seguir soportando la inseguridad material, la atmósfera dramática creada por la madre, la arbitrariedad y brutalidad del padre y la crueldad de la hermana mayor.

* * *

Con el tiempo las otras hijas también se hastiaron de las exigencias de la madre, aunque no lo confesaban.

Seguían pidiendo perdón, para tener la fiesta en paz. Y como hasta que la madre no perdonara estaba prohibido cantar y reir en la casa y prohibido salir de paseo, en cuanto la sentían enojada, aceptaban ser culpables de cualquier cosa, de todo, y pedían humildemente perdón para poder largarse y llegar al cine antes de que empezase la primera película.

* * *

La madre sentía que aburría a sus hijas y que cada día era

más difícil conmoverlas, así que, al final, se vio obligada a amenazarlas con morirse. "El día en que falte yo", "cuando me perdais para siempre, ójala sea pronto", "algún día os dareis cuenta de lo que he sido para vosotras, "os arrepentireis de haberos portado tan mal conmigo, pero será demasiado tarde". "De nada os servirán las lágrimas". "Muerto el asno la cebada al rabo".

Podía oirse la misma letanía en todos los hogares vecinos. Era como si las madres rivalizaran en ver cuál de ellas encontraría argumentos más abrumadores.

Algunos días Ana se largaba a escondidas de su casa en el momento en que la madre decía "cuando me muera"... y llegaba acasa de alguna amiga vecina a tiempo de oir a la madre de ésta acabar la frase... "me echaréis de menos, y os daréis cuenta de lo malvadas que habéis sido conmigo. Pero será demasiado tarde. Muerto el...".

Las chicas estaban tan hartas de tan monótono sermón, que algunas de ellas deseaban que la madre reventase. Pero que lo hiciera silenciosamente.

Mientras que la madre, cuya salud era excelente, amenazaba día y noche con reventar, "la peque" huía. Sin billete de regreso.

Unas horas antes de la fuga montada en una vieja bicicleta que le habían prestado, con mejillas encendidas y los ojos risueños, gritaba alegremente:

—¡Mirad como suelto el manillar!

Treinta y cinco años antes, una tarde deslumbradora de otoño.

* * *

La madre comenzó a perder la cabeza tras el suicidio de la pequeña.

"Los remordimientos" —pensaba Ana despiadada y, acto seguido, se horrorizaba de ser tan desalmada.

Todos habrían debido tener remordimientos. Unos más que

otros. Hoy mismo, con el corazón apesadumbrado, Ana piensa que tal vez habría podido evitar esa muerte. Si...

Su mayor error fue contar con los adultos. Como cuando el novio fingía desmayarse y en lugar de socorrerle corría a buscar a doña Carmina.

Ana fue la única en sentir el peso de la responsabilidad. Nunca hubiera debido "jugar" con Esperanza y con la "peque", a suicidarse.

En realidad no se trataba de un juego, sino de verdaderas tentativas de suicidio, en las que Ana participaba para no sentirse aún más excluida del seno de la familia, y para no "rajarse" frente a Esperanza, que era la instigadora de estos suicidios colectivos. Pero nunca pensó de verdad en morir.

Juegos de niños, tal vez algo más desgraciados que otros niños en aquellos tristes tiempos. Nada grave cuando se sabe escoger el veneno que no mata y cesar la representación a tiempo. La muerta no había comprendido las reglas del juego. ¡La inocente!

* * *

Cuando ocurrió el drama, Ana ya despreciaba a la madre, pero la muerte de la hermana le permitió llamar desprecio al desprecfio, y no incompatibilidad, incomprensión, incomunicabilidad, etc.

A partir de entonces su mayor preocupación fue no parecerse a ella.

Analizaba escrupulosamente sus palabras, vigilaba sus reacciones, disecaba sus sentimientos y cuando se sorprendía diciendo las mismas cosas que la madre habría dicho en las mismas circunstancias, sentía deseos de lavarse la boca con lejía y de cosérsela.

El desaliento la invadía a veces. ¡Jamás llegaría a borrar la huella que la madre había imprimido en ella!

Sí, sin duda fue la muert de la pequeña la que hizo perder la cabeza definitivamente a la madre. Pero su locura no residía en las crisis pasajeras de amnesia que sufrió durante largos meses.

Nunca se atrevió a decir lo que pensaba de ellas, pero estaba convencida de que la madre ponía seis cubiertos en la mesa y conservaba deliberadamente caliente la cena de la que ya sólo mascaba tierra.

Unas veces la memoria le volvía durante la cena y todo eran lloros y gritos. Y "por favor madre", "cálmate madre".

Otras, en el momento de ir a acostarse, la madre decía:

—No cerréis la puerta, que la pequeña no ha vuelto.

Y entonces recordaba que la pequeña no volvería más.

¡Y llantos, y lamentos, y gritos! Ana acababa sintiéndose culpable de que la muerte hubiese arrancado a la madre esa hija que les había dejado plantados con sus enredos, sus miserias, sus dramas interminables y sus latazos. Culpable porque la madre no había querido escuchar las advertencias de Ana y hacer lo necesario para proteger a la pequeña.

¡Cuántas veces intentó hacerle sentir la zozobra y el desamparo que encubría el carácter alegre y despreocupado de la hermana! Hasta intentó hablarle de las fallidas tentativas de suicidio. En vano. Nadie podía hacer escuchar a la madre lo que ella no quería oir.

* * *

Simuladas o no, la madre había explotado a fondo sus crisis de amnesia y su dolor. ¡Y puesto que sufría, todo le estaba permitido! Hasta convertirse en una especie de caricatura de la madre anterior, que ya era una caricatura de la madre, que ya no se parecía en nada a la madre que Ana había querido tanto, a pesar de su ingratitud hacia la más abnegada de sus hijas.

Total que, de transformación en transformación, les había dado el cambiazo: no había nada en común entre la primera madre y la que habían planeado encerrarla en un hospital psiquiátrico, "sólo unos meses, para evitar que haga tonterías".

Había que decir en su defensa que la idea germinó en el cerebro de Dolores.

¿O tal vez en el futuro marido de ésta? ¡Poco importaba quien había tenido la ocurrencia. Lo esencial era que, aprovechando que Ana debía pasar el día en la ciudad, se reunieron para planear su reclusión. Los padres, la hija mayor, el novio de ésta, un abogado y un médico, amigos de siempre del padre.

Esperanza y una de sus amigas (huérfana de nacimiento y que a causa de ello veneraba a la madre) también se encontraban allí. Por casualidad, y porque nadie consideró necesario ocultarse de aquel par de idiotas que la madre llevaba y traía a su antojo.

Ana sería pronto mayor de edad, nadie podría retenerla. Es más, había jurado que el mismo día de su mayoría se iría aunque la madre estuviese agonizando, o de cuerpo presente. Iban a perderla irremediablemente, porque lejos de ellos la hija sólo podía acabar mal.

—La encontrarán algún día al amanecer tirada en el bordillo de cualquier acera de Pigalle, con un cuchillo entre los omoplatos, —aseguraba fatalista el cuñado. O en Dakar, en un burdel. Así acaban todas.

—En el mejor de los casos volverá preñada, —decía Dolores práctica; tendremos que criar al bastardo. ¡Anda, que buena fama va a echarnos la niña!

—¿Qué he hecho yo para merecer esto?, —preguntaba la madre.

¡Había que retenerla a todo precio!

—Yo sólo quiero su felicidad. Si estuviese segura de que lejos de aquí va a encontrarla... ¡Tanta gloria lleve, como descanso deja!

Pero la chica era una "dura" con el corazón tierno; la presa ideal para un chulo. Cualquier hombre obtendría de ella lo que quisiera con sólo pasarle un poco la mano por el lomo.

—Y en París sólo hay chulos y putas, —encarecía el futuro cuñado.

Las mujeres temblaban de horror y los hombres se excitaban secretamente imaginando aquel inmenso burdel que era París para ellos.

—¿Cómo impedir que corra hacia su perdición?

—Hombre, se podría alegar que está algo perturbada... Porque normal, normal... —sugería el cuñado. Que ya había hablado largo y tendido de este asunto con la novia.

—¡La verdad! Dice y hace cosas incongruentes. Ultimamente se porta de una manera muy rara.

El primer diagnóstico sería el del médico local, que pediría consejo a un amigo psiquiatra y una cita a la que habría que llevar a "la loca engañada". ¡Ya encontrarían un pretexto válido!

La llevarían al psiquiatra y en el momento en que Ana se diera cuenta de haber caido en una trampa se pondría furiosa...

Las raras (y difíciles de provocar) cóleras de Ana eran espectaculares. Querría salir del hospital a la fuerza, rompería cuanto encontrase a su alcance, chillaría, nadie comprendería lo que decía, lloraría de rabia y cuando se calmara hablaría de complot. ¡La tenían cogida!

Nadie pensó que la hija "que ya tenían cogida" podría intentar la fuga por el mismo camino que había segido la "peque".

La tarde había sido provechosa; todo el mundo se frotaba las manos de satisfacción.

Fue entonces cuando intervino Esperanza, que hasta entonces parecía desinteresarse de la conversación y, muy calmosamente, cosa rara en ella, lanzó la bomba:

—María y yo contaremos al psiquiatra (que no estaba en el ajo), a la prensa, a la policía y a todo el que quiera oirnos, lo que habeis tramado esta tarde aquí.

Esperanza también se enfadaba de manera muy espectacular, por un "quítame allá esas pajas" y todos temían su caracter volcánico. Incluso el padre la abofeteaba sólo cuando la sentía disminuida por una de esas crisis depresivas que la convertían en un guiñapo.

¡Por Dios hija! Si sólo se trataba de suposiciones. Hablar por no callar. Para pasar el rato. ¡Era de mentirijillas, mujer! ¿Cómo has podido tomar la cosa en serio? Pero en fin, ¿no crees que tu hermana comete una locura yéndose a París? ¡No pongas esa cara! Olvidemos lo dicho. Sólo se trataba de una conversación baladí.

Lo único que les quedaba ya ppara intentar retener a la fugitiva eran zalamerías y buenas palabras. Le prometerían la luna... para más tarde...

Pero como era obcecada...

* * *

El cuñado fue uno de los que más sufrió viendo fracasar el plan. Rabiaba al imaginar a Ana libre como el aire, mientras que él evejecía encadenado al sargento de su mujer. Con la que nunca había pensado casarse, porque era a Esperanza a quien quería. Pero Esperanza, que estaba perdidamente enamorada de dos chavales, mucho más jóvenes que ella, no solamenten le había dado calabazas, sino que, la muy impúdica, exponía descaradamente sus dudas. ¿Cuál escoger entre los dos novietes? Hacía varios años que su corazón se balanceaba entre los dos muchachos. ¡Demonios, qué difícil era renunciar a uno de ellos! ¿Por qué no quedarse con ambos?

Había un tercer ladrón que le hacía más "tilín" que los otros, pero que desgraciadamente, no le había dicho nunca ni por ahí te pudras.

¡Bendito sea Dios! ¡La situación era ya bastante inexplicable!

* * *

El pretendiente rechazado por Esperanza quiso exiliarse. Irse a vivir a esa capital de perdición que baña el Sena, donde los artistas triunfan invariablemente y las mujeres acaban, no menos invariablemente, con un puñal entre los omoplatos.

Mas al llegar a Barcelona se percató de la desaparición de su pasaporte. ¡Con lo que le había costado obtenerlo!

Enseguida envió un telegrama a la única posible autora del robo, con la que había pasado su última noche en la pequeña capital de provincia.

La ladrona le respondió también rápidamente por teléfono, para que no quedase huella de la conversación. ¡La muy ladina!

¿El pasaporte? Podía pintarlo en el aire. Lo primero era "reparar". ¿Qué se creía el muy desgraciado, que le iba a dejar largarse con su honra (la de ella) en la maleta? O se casaban, o iría a ver a sus padres (a los de él) y armaba el escándalo padre. ¡Abusar así de la inocencia de una chica seria!

El pobre hombre, que no era tan pobre, si no Dolores no se hubiera jugado el todo por el todo para cazarlo, se sentía tan disminuido por el rechazo de Esperanza, por la pérdida del precioso pasaporte y por el alcohol con el que se "abrevaba" de la mañana a la noche, que no tuvo la energía necesaria para rechazar la original petición de mano.

Además, una cosa era hacerse novio de Dolores y otra era casarse, y el noviazgo le permitiría ver a Esperanza casi a diario. ¿Quién sabía? Tal vez Esperanza acabaría dejándose ablandar y no le permitiría cometer el horrible suicidio que suponía casarse con el "correctivo antirromántico".

$$* * *$$

¡Qué infierno de noviazgo!

Para estar segura de que el novio no se echaba atrás, Dolores había exigido que la boda se celebrara lo más pronto posible; los días pasaban en un soplo y Esperanza no cambiaba de idea. ¿Casarse con un tío tan bilioso y tan feo? ¿Con un viejo? ¡Antes la fría tumba!

"El viejo" se moría de celos viendo como "el pendón" de cuñada "se depravaba" con los dos mocitos de los que él podría ser padre. "Y Esperanza la madre", —decía a mala leche el futuro esposo de Dolores.

La vista de las cuñadas empozoñaba su existencia. No lo ocultaba. Sobre todo cuando se ponía "alegre".

Lo de "alegre" era un eufemismo empleado por los suegros. En realidad el novio de Dolores estaba casi siempre borracho como una cuba y "le daba llorona".

Borracho o sobrio, era un personaje siniestro, un amargado que repetía infatigablemente y sentidamente, que la vida era "una mierda" y "una cagada" haciendo lo imposible por transmitir su pesimismo a su entorno.

Los días que no bebía, raros, rarísimos, se dedicaba en cuerpo y alma, y muy eficazmente por cierto, a amargar la existencia de cuantos le rodeaban.

Aunque sobrio, aseguraba estar borracho para poder decir

impunemente lo que pensaba de su futura familia política y sembrar la cizaña.

—Compréndame suegro—, decía a la hora de la sobremesa. Yo pensaba casarme con Esperanza y no con la harpía de Dolores. No sé si se dan cuenta, pero me encuentro en una situación de mierda, porque soy incapaz de oponerme a la voluntad de su hija mayor. Pero si supieran lo que sufro cuando el pendón de Esperanza me restriega contra el morro a sus novietes, ¡por no decir queridos, que les he visto darse muchos tutes y ponerse morados! ¡Es que se me revuelve las bilis cuando la veo disfrutar de la vida!

Los suegros reían divertidos. Dolores también reía. Tragando sapos y culebras.

—¡Pensar que tengo por cuñadas a las dos gachís más cojonudas de la ciudad y que voy a cargar con este "correctivo antirromántico"! No se rían que no tiene gracia. No les extrañe que tenga el vino jodido, estoy permanentemente hecho una puñeta. ¡Recomido de rabia, de impotencia y de frustración! No sólo a causa de Esperanza, sino también por la otra, por la que sueña con convertirse en paloma mensajera y que acabará largándose. ¡Se lo digo yo! Perdone mi sinceridad, pero usted no tiene cojones para enfrentarse con sus hijas. Usted es un desgraciado dominado por todas estas hembras que se le suben a las barbas. ¡No bromeo, es la pura verdad! Estoy bebido, pero en vino "veritas". Dolores que me conoce mejor, lo sabe. ¿Verdad futura esposa que jamás hablé tan en serio? Esa zorra va a irse y realizará mi sueño de siempre, del que ya puedo despedirme, porque yo tampoco tengo cojones para enviar a hacer puñetas a la mierda de mi novia. ¡Sí, soy el primero en reconocer que soy una mierda! Cuando imagino la avenida de l'Opéra, el boulevard Saint Michel, el Sacré Coeur, la Seine... ¡Me pongo frenético! Si me va a dar algo. ¿No ven que estoy verde? ¡La bilis! Esas dos desgraciadas, van a acabar conmigo.

Los suegros reían. El futuro yerno tenía mucho sentido del humor.

—¿Sentido del humor?, —preguntaba la que quería convertirse en paloma mensajera. Lo que tiene es muy mala uva.

94

—No está más borracho que yo, pero con el pretexto de haber bebido vacía el saco de mierda que le sirve de alma. Este es un cabrón y un hijo de puta.

—¡Esperanza!, —gritaba el padre. ¿Cómo te atreves a hablar así de nuestro invitado, y delante de mí?

—Esperanza, por Dios, —decía la madre escandalizada.

—A lo mejor la gachí no se equivoca y es verdad que, excepcionalmente, estoy sobrio. Ahora, lo que no es verdad es que sea un hijo de puta. ¡Qué más quisiera yo! ¡Si nunca tuve suerte! Ya habría dado algo por tener una madre patrona de un burdel. Con las tetas en evidencia y las faldas siempre a medio remangar. ¡Y un tío por aquí, otro por allá! Pero mi madre es una "señora" de los más encopetado. Una señora honrada; que no hay nada peor. Católica, apostólica y romana, con la que no bromea ni Dios. La alegría está reñida con nuestra casa. ¡Como de esta! Porque la verdad es que aquí tampoco se ríe uno todos los días. La diferencia es que mi familia está orgullosa de ser gente triste, este mundo es un valle de lágrimas al que no se viene a zascandilear, ni a echar una cana al aire. ¡A sufrir se ha dicho! Y gracias a las mortificaciones de cada día nos ganaremos el cielo. Pero ustedes se las dan de liberales y de chistosos y de eso ¡nada de nada! Pregunten a esos dos pingos si la casa les parece alegre. Señora suegra, perdone mi sinceridad, pero es usted una apagavelas. Claro que todo es relativo, comparada con mi madre parece alegre como unas castañuelas. Además usted es bien parecida, lo cual nadie osaría decir de mi madre, que asusta al miedo.

—No sé cómo soportáis a este cabrón.

—¡Esperanza!, —gritaba el padre.

—Esperanza, hija, no seas grosera.

—Está rifándose una bofetada y tienes todos los números, —amenazaba el padre, que esta vez no había sido instigado por nadie.

Entre hombres hay acuerdos tácitos. No podía permitir que sus hijas se comportaran mal con un compadre, futuro esposo de su hija preferida.

—Sólo faltaría que me pegaras delante de este gilipollas.

—Pues ya me gustaría, —decía el gilipollas. Como yo no pego ni un sello...

—¡Vamos, vamos!, —decía la madre temiendo que las hijas armaran un cisco. Hay que tener un poco de sentido del humor. ¿No veis que Esperanza también bromea?

Dolores tiene que tener estómago para casarse contigo.

—Y que lo digas cuñada. Pero todavía está a tiempo de romper el noviazgo. ¡No me caerá esa breva! No puedo hacer ya nada más para desanimarla. ¡Tiene unas tragaderas!

Los suegros reían. ¡Pero qué risa!

Dolores pensaba que la culpa de todo era de las hermanas que querrían quitarle el novio.

* * *

Dolores se casó, se fue a la capital y los ataques de la madre se hicieron más frecuentes. Los patatús le daban ahora preferentemente cuando había visitas, para que todo el mundo supiera cuánto sufría y qué malvada era la hija que quería abandonarla en aquellos momentos.

Hasta Esperanza suplicaba a Ana que renunciara a sus sueños de evasión. Pero la "paloma mensajera" parecía insensible al sufrimiento de la madre "que les había sacrificado la vida", a quien "debían todo", que sólo quería "el bien de sus hijas" y que incluso hacía un drama de la boda de Dolores, cuando debería saltar de alegría. La recién casada, no valía un centavo, tenía mala reputación, y cerca ya de la treintena, parecía irremediablemente condenada a vestir santos, cuando cazó al marido que le ofrecía confort, seguridad material y cierto rango. Sin embargo, la madre lloraba como si la fría parca se la hubiese arrebatado.

* * *

Sus economías se fundían como nieve al sol y, aunque trabajaba por las tardes como zurcidora, no lograba ahorrar un céntimo, porque los padres exigían que les pagara una pensión. ¿No era normal que contribuyera a cubrir los gastos de la casa? Ana se decía, con amargura, que era la primera criada sin sueldo obligada a hacer horas extraordinarias para pagar su techo y su cubierto.

Colmo de mala fe: los padres aseguraban que, gracias a que la albergaban, Ana estaba ahorrando un pequeño capital. ¡Pero era tan avara que dilapidaba sus cuartos!

¡Bueno, y si no tenía dinero que no se fuera! Que esperara a que la madre estuviera completamente restablecida y que hubieran desembolsado las deudas contraidas para comprar los muebles, el ajuar de Dolores y cubrir los gastos de la boda.

Aun ahora, Ana rabia pensando en el tiempo perdido y en aquellos años infernales.

* * *

Su ventana ha sido tapiada.

Si cierra los ojos puede imaginarse acodada en ella. Inolvidables noches de luna en las que el aroma de los jazmines, madreselvas y magnolios era tan intenso que resulta molesto.

Al resplandor de la luna, la casa de los Solares parecía aún más bella.

Fantásticamente plateada. Irreal.

Noches de insomnio pasadas espiando una casa cuyo acceso le era tan pronto facilitado como negado.

Una de aquellas noches cálidas y excesivamente perfumadas, soñó que Juan la besaba y se despertó tan emocionada que habría jurado no haber soñado. Ya despierta buscaba con la mirada, en las penumbras de la habitación, al novio que sentía presente.

Una sensación tan intensa no podía ser fruto de su imaginación. Sin duda Juan había soñado con ella, tal vez se había despertado también bruscamente y en este mismo instante miraba hacia su casa.

Corre a la ventana, abierta de par en par, y llega a tiempo de ver como se alejaba Juan, bañado por la luna plateada, cargado de maletas. En medio de la noche. Como un ladrón. Sin avisarla. Sin darle su nueva dirección. Tras el primer beso, robado, más o menos, aquella misma tarde a la sombra de una viña virgen.

Era la primera vez desde hacía muchísimos años que, sacudida por los sollozos y el corazón hecho un guiñapo, buscaba refugio en los brazos de la madre que la rechazó brutalmente. —¡La idiota sentimental! ¡Buenos estaban los tiempos para llorar por tales sandeces! ¡Y te está bien empleado! "¡Y me alegro de que la cosa acabe así! ¡A ver si aprendes!''.

Corrió a encerrarse en el trastero para poder dar rienda suelta a su pena. Días y noches enteros llorando en la oscuridad. Nada ni nadie parecíaz poder frenar aquel raudal de lágrimas ardientes.

Su entorno comenzaba a inquietarse. Esta chica era desmedida para todo. ¡Jamás habrían podido imaginar que tuviera tantas lágrimas en reserva!

Los padres enviaban a Esperanza a buscarla. En vano. Ana le tiraba algo a la cabeza, exigía que la dejara tranquila. Parecía querer pasar el resto de su vida en aquel trastero. Incluso el padre fue varias veces al antro de la hija e intentó consolarla torpemente. Tan torpemente que los llantos redoblaban, ¿no podían dejarla llorar en paz?

Lloró tanto y tanto, que se fundió y se quedó casi transparente.

¡Deliciosas lágrimas! ¡Exquisito tormento de amor! ¡Qué triste ho haber sido capaz nunca más de inventarse otra pena de corazón!

Una mañana abandonó el trastero como si nada hubiera pasado. Pero fue entonces cuando empezó a atosigar a los padres para que la permitieran irse a la capital.

Había comprendido que era demasiado pobre para escoger en la vida y decidió hacerse rica.

* * *

Nunca olvidará aquellas noches de insomnios inexplicables que la conducían a la ventana. Noches silenciosas en las que sentía su corazón latir pesada, dolorosamente. A la embriaguez del perfume intenso de las flores se unía otra embriaguez sin nombre. Extraña, indefinida, lánguida.

Nunca olvidará esta ventana, hoy cegada, que tan importante papel jugó en su aprendizaje de la vida.

* * *

Verano, las cuatro de la mañana. Las estrellas se diluyen ya en los primeros albores del día, cuando se despierta bruscamente guiada por un impulso inexplicable; va hacia la ventana y ve a Esperanza y a su primer "flirt", tras el abandono de Juan, estrechamente abrazados, las bocas unidas en un interminable beso.

¡Desencanto y bochorno! Vergüenza de esa hermana a la que creía de una lealtad a toda prueba.

* * *

Noche oscura como boca de lobo, en la que una mano invisible la conduce hasta la ventana. El telón se levanta sobre una grotesca y obscena farsa.

Dolores, con la espalda pegada a las rejas de uno de los jardines vecinos, se deja desnudar por un viejo ridículo. El hazmerreir de las muchachas en flor a las que persigue con asiduidad de viejo sátiro.

¡Fealdad de fealdades!

Por un instante cree que la oscura bóveda celeste se le viene encima. Los minutos transcurren, la amenaza no se cumple y el viejo libidinoso continua sobando los lacios y tristes pechos de Dolores.

Medias de nylon, maquillaje, perfumes caros, pequeñas joyas, eran el precio de este siniestro "strip-tease" a cielo abierto.

He aquí por qué el balcón de la madre ha sido declarado el más florido y bello del pueblo, cuando otros hubiesen merecido más el galardón.

He aquí por qué los señores próximos a la andropausia se muestran últimamente audaces con Esperanza y con ella.

He aquí por qué las comadres cuchichean a su paso, pero la madre levanta los hombros, asegura que son imaginaciones suyas.

—¿Por qué murmuraría la gente? Estás paranóica, hija.

El honor de la familia mancillado, pateado durante una noche oscura en que la luna se había inscrito en los abonados ausentes para irse de puteo.

El honor que había que proteger costase lo que costase. (¿No habría sido más justo decir "paguen lo que paguen"?) y para ello el padre se decía dispuesto a todo. Desde prohibir a las hijas que trabajasen y frecuentasen chavales de su edad, hasta romperles las costillas si se desmadraban. ¡Honor obligaba!

* * *

Acodada a esta ventana, hizo los más sórdidos descubrimientos.

Mas desde esta misma ventana vio también cientos de veces a Esperanza y a la pequeña alejarse con sus amigas.

Piernas y brazos tostados (aunque por entonces no estaba bien visto el color moreno), vestidos blancos, primorosamente almidonados, que agitados por la brisa, parecían enormes alas o gigantescas flores.

Caras limpias, brillantes de tanto haber sido frotadas y como único perfume el de los jazmines prendidos en el pelo.

Insolentes y despreocupadas se alejaban al atardecer, y los veraneantes sentados delante de sus lujosas villas, giraban discretamente la cabeza para seguirlas con la mirada. Las mujeres con envidia mal contenida y los hombres con deseos reprimidos. Las chicas, despechadas, hacían como si mirasen hacia otro sitio.

Las conversaciones decaían.

Las hermanas se alejaban riendo, balanceándose armoniosamnete, sembrando discordias pasajeras entre los jóvenes enamorados, amargura en el corazón de las mujeres privadas de juventud y frustradas de todos sus sueños.

Se alejaban despreocupadas sin pensar en las mañanitas que no cantarían para alguna de ellas, muertas en el silencio oprimente del crepúsculo, igual que algunas flores se cierran al anochecer.

Las mañanitas que no cantarían para las que años más tarde se protituirían en los alrededores de los mercados, justo para llenar el cesto de la compra y que regresarían al hogar como cualquier otra ama de casa, pero un poco más mancillada por la vida.

En el mejor de los casos, las mañanitas habían cantado engañosamente, saqueado los sueños y esperanzas de aquellas que decían que no claudicarían y que no habían acortado sus vidas porque la decisión era irreversible y la vida corta, y porque se sabían de memoria todos los argumentos de la gente cobarde.

¡Juventud perdida!

¡Con que poco se conformaban! Un vestido de percal, que cada mañana, renacía nuevo, gracias a la magia del almidón, zapatillas blanqueadas a diario, el mundo les pertenecía. Sólo durante la semana. Los domingos y días festivos, tras la misa mayor, chicos y chicas, hechos brazos de mar, subían del pueblo, invadían "su" territorio. Obstentación vulgar, lujo de pequeños burgueses.

Sin un céntimo para ir a ningún sitio, condenadas a la reclusión, intentaban olvidar a los invasores.

Infectos domingos durante los cuales los vecinos de las villas "recibían" y se desafiaban tácitamente para ver quién haría funcionar el pick-up más alto.

Silencio roto, calma desbarajustada. Convertida en mujer tronco, Ana contemplaba desde su atalaya el ir y venir de las hordas enemigas.

* * *

Aquí mismo, justo enfrente de la casa, sentados sobre la maleza que crecía entre las piedras (el asfalto de la calle acababa justo donde empezaba la pendiente que descendía a los barrios pobres), algunos adolescentes, a veces venidos del otro extremo del pueblo, esperaban horas y horas a que saliesen las hermanas.

¡Sólo por verlas! ¡Había que estar loco! Eran otros tiempos, en los que el tiempo no contaba.

Llamaban a Esperanza "el busto" porque tenía pechos para hacer palidecer de envidia a Mae West. Pero en realidad lo que despertaba en todos ellos pensamientos inconfensables era su culo de negra, que, conscientemente, movía con mucho arte. Las comadres con hijas con culos caídos decían que qué indecencia. Si hubieran podido se lo habrían laminado.

La "peque", llamada "los ojos", que los tenía azul miosotis y grandes como espuertas, era la más popular de las hermanas; la más querida. "Pero son siempre los mejores los que se van los primeros". Era a ella a quien llevaban "los mayos" cada noche del mes. A veces dos, o tres rondas, desfilaban bajo sus ventanas en pocas horas. Soledad, a quien nunca habían llevado los mayos, se preguntaba qué encontraban "aquellos idiotas en la muerta de hambre". "¿Qué tiene esa chica que no tengan nuestras hijas?" —despotricaban las madres con hijas casaderas.

"La escultura" era la más respetada y la menos querida. Reservada, seria, hasta severa, no parecía tener ninguna debilidad. Aparte de su "sentimiento" por el play-boy decrépito.

Incluso se murmuró que sólo fue a la capital para reunirse con él, aunque fuentes bien informadas aseguraban que Juan le había dado la patada y según los familiares y amigos del oficial de correos y del cartero, ni siquiera le escribía.

¡No había humo sin fuego!

Una pasión así, a lo Julieta y Romeo, provocaba las cuchufletas de todos, pero también despertaba cierta indulgencia.

* * *

Pues sí, no cejó en su empeño hasta dar con él. Y hasta fueron amantes. Por poco tiempo. Porque, así, visto de cerca y sin prisas, lo encontró menos seductor. De repente, le parecía viejísimo, el cuello antes fuerte como el de un toro, ahora era más bien repugnantemente graso. El bigote, en su día tan tentador (¿cosquillearía o no?) ridículo. Su aspecto juvenil habíase vuelto pueril. La voz querida, algo alta y rasposa, que le daba voluptuosos escalofríos, era la voz de un castrado. ¡Colmo de los colmos!, a pesar de su inexperiencia, Ana pensaba que en la cama era incapaz de cumplir las promesas que sus miradas ardientes transportaban de mujer en mujer. De verdad que no echaba chispas. ¿O tal vez tanto fuego y tantas llamas culminaban siempre en aquellos breves y desconcertantes roces en la oscuridad?

Se habían vuelto las tornas. Ahora era ella la que no quería ser vista con Juan.

Ironías del destino: el quería formalizar las relaciones. ¿Por qué no se casaban y se iban juntos a Australia?

De casarse nada, y de Australia menos.

Pero, ¿para qué molestarse en romper? Era mucho más fácil dejar las cosas en el aire hasta poder largarse sin decir adiós. Donde las dan las toman.

* * *

A su vuelta de la capital tuvo algunos "flirts" sin consecuencias.

El corazón de Ana había hecho ya la maleta.

Aparte de los padres, ciegos como topos, todos pensaban que su porvenir estaba lejos; todos se inclinaban ante tanta tenacidad, todos creían que obtendría cuanto quisiese de la vida.

En la calle, chicos y grandes la admiraban. Igual que las colegialas, que protegidas por el anonimato del uniforme, se volvían en la calle para silbar al padre.

Esperanza y sus amigas la seguían a veces para contar, no los hombres que se volvían a su paso, habría sido fastidioso, sino los que no la prestaban atención. Algún viejo bilioso.

Ana estaba al corriente de esta contabilidad inocente que la divertía y cuyo balance era para ella como un seguro para el porvenir.

Treinta años más tarde, ¿qué quedaba de tanta arrogancia?

¿De su obstinada voluntad de hacer frente a la vida y ganar la partida? Vacío y desencanto.

* * *

Bajó la pendiente, dio la vuelta a su antigua casa, y anduvo hasta la gran puerta que daba acceso al "patio", abandonado y sin duda condenado a ser arrasado.

Aquí se gozaba, se sufría y se moría por un sí o un no. Entre dos chatos de vino, tracas, fuegos artificiales y lamentos de guitarra.

De bautizo en matrimonio, de reyerta en duelo, caminaban renqueando hacia la muerte, defendiendo encarnizadamente el pan de cada día, intentando ser más o menos honrados, subsistiendo parcialmente de la prostitución, del robo y de la mendicidad.

No es que hiciesen muchos esfuerzos para encontrar un empleado, pero aunque los hubiesen hecho, tampoco les habría servido de mucho porque no inspiraban confianza. Demasiado morenos para ser honrados. "La gente morena con olor a hierbabuena", sólo parecía gustar a Conchita Piquer.

Como el balcón trasero de la casa dominaba el Patio, las hermanas eran testigos de la vida y miseria de aquellas gentes y el único freno a su indiscreción era la crudeza de ciertas espeluznantes escenas. Niños golpeados con cadenas de bicicletas, peleas sangrientas entre madres e hijas, reyertas entre hombres, animales martirizados.

En más de una ocasión, Esperanza abandonó bruscamente su punto de observación, precipitándose al Patio para arrancar de las manos de algún niño verdugo un gato, o un perro, con el que volvía victoriosa.

La madre se enfadaba. "¿No pensarás meter eso aquí?" "Echa inmediatamente ese repugnante animal a la calle". Esperanza se hacía la sorda, el animal se quedaba en casa y dejaba rápidamente de ser repugnante.

—¡Tú y tus sensiblerías!, —gruñía la madre. Tendremos problemas con esa gente. ¡Esto acabará mal! ¡Hay que ser inconsciente para ir a su territorio y provocarlos!

Hasta la pareja de la guardia civil venía al Patio acompañada de un imponente mastín, y jamás después de la puesta del sol.

Curiosamente, las gentes del Patio sentían cierto respeto por la adolescente intrépida. Y cierto temor. El mismo temor que impedía a la madre poner en la calle a los protegidos de Esperanza, cuando no habría dudado en echar a cualquier animal recogido por otra de sus hijas. No en balde en la intimidad la llamaban Leona.

* * *

Vivían diez, doce, quince, en pequeñas viviendas de dos habitaciones. Sin agua, sin electricidad, sin retretes, sin otro confort, que un techo, cuatro paredes y el patio central que servía de trastero, de salón de tertulia, de sala de fiestas, de peluquería, de solario y de campo de batalla.

Hacinados de diez en diez, de quince en quince, tiritaban en invierno, se ahogaban de calor en verano, planeaban miserables robos en familia alrededor de una botella de aguardiente o de un porrón de vino; morían mientras esperaban al médico, o a la comadrona, que no acababan de llegar y que a veces llegaban ya con el enfermo de cuerpo presente. Como ocurrío con la hija de la "marquesita", muerta de parto o de gangrena; ¡Dios sabe de qué!, tras tres largas noches y tres eternos días de espera. ¡Y nadie para asistirla! ¡Salvo algunas vecinas, repugnantemente sucias, que gritaban que empujase y metían la mano para tocar la cabeza del bebé muerto! El médico llegó a tiempo de firmar el acta de defunción y tapándose las narices dijo, a título de oración fúnebre: "¡Jesús, como apesta esto!"

No era agua de rosas lo que bajaba por el pequeño arroyuelo que recorría el patio y lo cortaba en dos. Y aquellas gentes no se perfumaban con nardos. Cuando las mujeres agitaban las faldas, el espeso tufo que subía de entre sus piernas tiraba para atrás.

Delante de la gran puerta del patio, en una inmensa cantera abandonada, las chabolas crecían como champiñones tras las lluvias de otoño, y más lejos, agarrados a las paredes de la cantera vivían como cavernícolas del siglo veinte, algunas familias incrustadas en la montaña cortada a pico, sobre la que se eregían los muros de la más sustuosa villa de la colonia veraniega. Doblemente protegida. De los ladrones, con murallas y altísimas verjas, acabadas en chuzos. De las miradas indiscretas, por un bosque de árboles centenarios.

Entre aquellas gentes venidas de diferentes lugares aún más inhóspitos, existía el respeto a la jerarquía. Nadie hubiese puesto en entredicho que los del Patio eran la élite; se les debía respeto porque "poseían" casetas y cuevas que alquilaban a los chaboleros y a los cavernícolas.

La escoria estaba formada por los últimos en haber llegado a la cantera; esos que construían sus viviendas con materiales precarios y levantaban tiendas de campaña con telas mil veces remendadas, permeables al agua y que la menor corriente de aire enviaba a cagar puñetas. Esos que vivían con los pies en un charco, con la cabeza cerca de las estrellas y rodeados de inmundicias, porque nadie había previsto la recogida de basuras en aquel residencial y lejano barrio y por tanto, la cantera servía de vertedero.

En verano, recalentadas por el sol abrasador, las basuras desprendían miasmas pestilentes que se elevaba desde el agujero hacia las villas. Y —"¡qué verguenza!"—, —"¡qué gentuza!"—, se quejaban los señoritos, quienes, en lugar de organizar un servicio de recogida de basura, intentaban por todos los medios deshacerse de la chusma, responsable de aquel hedor. —"Ni siquiera se molestan en limpiar su agujero". "No se lavan". "Están comidos por los piojos, las pulgas y las garrapatas". "¡Jesús qué plaga!" "Son subproductos humanos".

Los subproductos humanos, "carne de horca", afeaban el paisaje y contaminaban la atmósfera. Jamás los burgueses se sintieron responsables de la fetidez. Los "detritus" que vertían en la cantera no podían causar molestias a nadie. Sus desperdicios olían a nardos y rosas.

En dos ocasiones, camiones militares vinieron durante la noche, se llevaron a los indeseables y arrasaron sus viviendas. Tenaz, "la plaga", volvió a instalarse en aquel rincón de la madre patria con el que parecían inexplicablemente encariñados.

Esta población incontrolable, acusada con razón, de cometer en invierno los robos perpetrados en diez kilómetros a la redonda, proporcionaba a los veraneantes una mano de obra dócil y barata. Jardineros, recaderos, y "doncellas" clandestinamente empleadas.

Doña Carmina, por ejemplo, (a la que los vecinos también llamaban doña Pingajitos, porque para no gastar en ropa, se vestía con viejos pingos siempre y cuando no estuviera esperando visitas, incluso con colchas agujereadas con las que improvisaba conjuntos andrajosos), introducía cada mañana al alba en su casa, a "la Legañosa", una esquelética chavalilla de apenas doce años, con los ojos llenos de pústulas, a la que ponía en la calle durante la hora de la siesta, por la puerta pequeña del jardín que daba a un descampado.

Tantas precauciones no engañaban a nadie. La curiosidad, que era el pecado de cada uno y de todos, hacía que las vecinas, protegidas por las contraventanas cerradas o por los resquicios de la madera, siempre supieran quien empleaba a quien.

Hipócritas y pérfidas, las señoras hacían aspavientos y aseguraban que por nada del mundo comerían en casa de menganita o de fulanita. —"Dios mío, sólo imaginar que una de esas piojosas pueda haber tocado la comida o los cubiertos me da naúseas".

Era cierto que las improvisadas "doncellas" estaban devoradas por los piojos que se paseaban insolentes y audaces por sus frentes, que serenas soportaban pacientemente a los huéspedes que las vampirizaban.

Para ellas el piojo no era quizás el mejor amigo del hombre, pero si·su inseparable compañero de miseria.

Las pobres señoras pasaban terribles momentos de angustia viendo algún piojo trotar sobre las greñas de la criada sin saber nunca donde atrerrizaría el parásito.

Con piojos casi siempre, o sin ellos, constituían una mano

de obra imprescindible para algunas señoras, a quienes costaba un esfuerzo enorme mantener el rango.

Una mano de obra a la que alimentaban con los restos, escasos, pues los tiempos eran duros para todos.

Las domésticas improvisadas aceptaban un salario simbólico y poder robar de vez en cuando algunas pesetillas. Esperanza defraudada porque el dinero no abundaba en ningún sitio y era rarísimo que las enviaran a la compra, y aunque así fuera, cuando las mandaban a hacer algún recado, era de fiado. Así, que el dinero no lo veían ni en pintura.

Los días de "recepción" las señoras tenían que retener a la "doncella" para que hiciese el servicio, esperando que con la cara limpia, peinadas y uniformadas, nadie se diera cuenta del pego.

El espectáculo era sensacional. ¡Había que ver a la pobre "Legañosa" vestida de doncella!

La Legañosa también era conocida como "la Mataperros", porque en varias ocasiones Esperanza había cortado la cuerda con que la rubia criatura se disponía a ahorcar a algún pobre chucho. Por placer y porque las únicas diversiones gratuitas eran ahorcar perros y vapulear a niños más débiles que ella. ¿Y quién se hubiese molestado en enseñarle a pasar el tiempo, sin asesinar animales?

La ponían un uniforme negro, que le sentaba como a un par de pistolas a un santo, un delantal bordado, una cofia de batista almidonada, siempre torcida, y la calzaban con unos zapatos de tenis viejos de Soledad, tres o cuatro tallas más grandes. No era de extrañar que los perdiese a cada paso.

Cierculaba torpemente entre los invitados que se repontigaban, "dignamente", en el diván del salón de verano, o en los sillones de mimbre instalados sobre la acera.

Con los párpados medio pegados y la cabeza ladeada en un esfuerzo desesperado para captar, a través de las legañas, una ínfima porción de cuanto la rodeaba y nadando en el uniforme confeccionado por una costurera de lance, pasaba y repasaba bandejas más pesadas que ella soportando estoicamente los aires de gran dama de doña Pingajitos, las observaciones despiadadas de Soledad y las burlas crueles de Juan. Todos ellos, para ocultar el complejo de no poder pagarse una verdadera criada, gastaban bromas pesadas a la pobre criatura a la que decían emplear por caridad, y sólo por aquel día, porque la otra criada, "la verdadera", que todos sabían que no existía ni en pintura, estaba indispuesta.

Burlas, guiños cómplices, y algún tironcito de pelo, para demostrar lo refinados y sutiles que eran y como, en el fondo, trataban bien al subproducto humano.

Tironcitos de pelo prudentes, porque temían ver una cascada de piojos aterrizar sobre los exquisitos manjares preparados para tan fausta ocasión.

Los invitados, animados por el ejemplo, se permitían, tímidamente, algunas "amabilidades" del mismo tono. ¡Qué chistosos eran los señoritos!

La Legañosa, que les daba a todos por el culo, medio sonreía, como la Gioconda, recordando, maliciosa, que aquel día había fregado los platos con el estropajo del retrete. Que ni siquiera era un verdadero estropajo, sino un trozo de cuerda destrenzado que primero había sido utilizado durante semanas en la cocina y ya viejo, había descendido de categoría.

En la intimidad, los Solares vivían tan estrechamente que hasta comprar un estropajo hubiera desequilibrado su presupuesto y la Legañosa no tenía otra arma para rascar la mierda del retrete (tanto la distinguida Soledad como el seductor Juan, se olvidaban de tirar de la cadena y la mierda se secaba y no era fácil hacerla desaparecer), que un trozo viejo de cuerda, pasado y suave como la seda.

En realidad, la Legañosa, que se llamaba Benita, sólo invertía de vez en cuando el orden del uso de los estropajos, para vengarse de algún "amistoso" puntapié de Soledad.

¡Ya podía sentirse feliz la Benita! Los Solares la trataban como a un ser humano, no como a un perro. Mas la ingrata despeluznada habría preferido ser tratada como el Lulú de Pomería de la casa, al que daban los mejores bocados y al que atiborraban de dulces, cuando los había. Ella comía pan a secas, pero tierno, porque el señor, que la trataba como a un perro, exigía

109

que le diesen pan en abundancia y de vez en cuando deslizaba discretamente algunas pesetas y dulces en el bolsillo de su delantal.

El hombre sufría viendo como la pobre Benita era víctima de los sarcasmos de sus hijos, pero en aquella casa él era un cero a la izquierda. Un débil que temblaba ante la esposa irascible, la cual juraba a quien quisiera oirla que, de joven, el marido le había hecho la vida imposible.

¡El calvario que había sufrido! ¡Juego, bebida, mujeres y lo demás, y etc.!

Nunca se supo qué quería decir "el resto y etc.". Pero costaba creer que este bendito hombre, este trapo, más humillado que el trozo de cuerda que servía para limpiar la mierda de Soledad y de Juan, hubiera osado jamás contrariar a la fiera de su mujer.

En todo caso, el ex-tenorio, ex-jugador, ex-borracho, ex-resto, ex-etc., se había convertido en una vaca a la que la familia ordeñaba sin escrúpulos hasta la última gota y de la que sólo hacían caso cuando a falta de Benita, buscaban con quién desahogar su malos humores; o cuando tenían hambre, porque era él quien hacía las compras y guisaba. Los hijos estaban en casa de adorno.

—Son tan jóvenes, —decía enternecida la madre.

Apenas treinta años tenía el hijo y veinticinco "la nena".

"Niños grandes", —aseguraba quien sólo vivía para sus retoños y se privaba de todo para satisfacer los caprichos de los "nenes" y que, envuelta en una vieja colcha, luchaba despiadadamente contra el polvo, que la obsesionaba, desde la mañana a la noche, mientras que "la nena" hacía cuidadosamente la manicura a sus manos ociosas de madre superiora exigía que la Benita le depilara las piernas con una pinza.

En cuclillas, como un mono, y cegada por las pústulas, la Legañosa pellizcaba a veces involuntariamente la carne de la señorita, y esta replicaba a la agresión con una formidable coz.

Dolorosamente sorprendida, Benita caía patas arriba, y era tan irresistiblemente cómico verla así, que los "niños" de la casa se partían de risa.

Asi es que, la madre estaba siempre reventada de tanto quitar el polvo, de planchar y cepillar la ropa de sus hijitos, los niños agotados de no hacer nada y de bostezar a mandíbula batiente, y Benita, que fregaba dos veces al día en cuclillas el suelo de marmol de la inmensa casa con un viejo trapo lleno de agujeros, no estaba cansada nunca, porque era infatigable. Don Juan arreglaba el jardín y reparaba cuanto se rompía en la casa a su vuelta de la fábrica, donde, según los suyos, desarrollaba un cargo importantísimo.

Las malas lenguas decían que las funciones de don Juan no deberían ser tan importantes como pretendían. No era ni director, ni director adjunto, ni subdirector, ni contable... pero debía estar bien pagado... A menos que hubiera encontrado un truco para ganar dinero de manera poco ortodoxa a espensas de la fábrica que lo empleaba.

En todo caso "los niños" gastaban una fortuna en vestir y en salones de té, y los días de "recepción" la madre echaba la casa por la ventana.

Pero se trataba de una inversión, y sólo invitaban a los chicos solteros con el porvenir asegurado y a las herederas sin compromiso. ¡Qué no hubiera hecho doña Carmina para casar, bien casados, a sus hijos, o para encontrar un buen empleo al hijo que no tenía estudios, no sabía hacer nada y que, al parecer, había vuelto "lisiado" de la División Azul! ("¡Le está bien empleado, por meterse en camisa de once varas!", —decían las gentes). Aunque a simple vista parecía intacto y en perfecto estado... Sobre todo a la hora de irse de juerga.

Mas la principal procupación de doña Pingajitos era casar a su hija, ¡de la que ocultaban cuidadosamente la edad! Precaución inútil, pues los jóvenes casaderos recordaban que la "nena" frecuentaba ya los guateques de los hermanos mayores.

¿Quién podría querer cargar con aquella alhaja con dientes feroces, inútil, holgazana y con más orgullo que Don Rodrigo en la horca?

Los Solares se creían descendientes de la pata del Cid, y en realidad eran gente sin importancia; aceptaban sus invitaciones porque daban bien de comer y estaban muy relacionados con los Meléndez, a quienes todos esperaban encontrar algún día en uno de aquellos banquetes pantagruélicos.

Esperanza fallida. Los Solares recibían a los Meléndez en la mayor intimidad, por no decir en el más absoluto secreto, para evitar que hiciesen amistad con los vecinos.

Ponían tanto celo en mantenerlos fuera del alcance de los veraneantes, que si de vez en cuando el coche de los Meléndez no hubiera estado delante de la casa de los Solares, todo el mundo habría dudado de esta amistad.

Pero el coche permanecía estacionado ante la puerta del salón de verano hasta muy entrada la noche y los curiosos tenían que acostarse sin ver irse a los Meléndez, a los que tampoco veían llegar.

¡Señor, cuánto misterio! Se podría preguntar uno si los Meléndez no se avergonzaban de esta amistad. ¿Y si nunca hubiran visitado a los Solares? ¿Y si fuera el chófer el que venía a verlos en su día de suelta?

La suposición era algo descabellada pues se oían muchas voces en el jardín, donde comían y cenaban, protegidos de la curiosidad por los altos muros.

Al principio, cuando el coche de los Meléndez estacionaba en la calle, algunos veraneantes se aventuraron a intentar entrar en casa de los Solares, para saludarlos al pasar, e invitarles a tomar un aperitivo, o a pedir un poco de sal, que doña Carmina les negaba ofendida, porque era de mal agüero el dar sal: pero "los días de los Meléndez"; nadie podía cruzar el umbral de una casa que doña Pingajitos, convertida en cancerbero, defendía ferozmente.

Hubo que renunciar a ser presentados a los Meléndez, gente demasiado importantes para veranear en aquel pueblo de mala muerte, y que se habían construido, veinte kilómetros más allá, en una ciudad jardín, una suntuosa villa, protegida por perros dálmatas y rodeada por otras villas parecidas, todas con muros y verjas altísimos.

Ocurría a veces, que los veraneantes de aquel pueblecito, gente de "quiero y no puedo" se dieran una vuelta por las calles señoriales de la ciudad jardín, con la secreta esperanza de poder ver a alguna celebridad, pero lo único que veían era niños en bicicleta, criadas cotilleando en las esquinas, jardineros y perros. ¡Muchos perros! Dogos alemanes, mastines, dobermanes y otros canes capaces de asustar al miedo, recorrían, indolentes, los paradisíacos jardines.

Las villas quedaban siempre lejos de la calle y estaban siempre protegidas de las miradas indiscretas. No era fácil codearse con aquella élite, que, en realidad sólo estaba compuesta de paniaguados del régimen, estraperlistas y mangantes de envergadura que habían hecho dinero gracias al hambre del pueblo.

Pero los vecinos no perdían la esperanza de que los Solares los invitasen a tomar una copa uno de los "días de los Meléndez".

Además, no se deberían dar tanto pisto. Porque el coche que estacionaban delante del salón de verano era viejo, pasado de moda y no costaba ni la mitad que el "Lincoln" de los habitantes de "Las Tres Marías", que también eran inaccesibles. Si ho hubiera sido por el coche, nadie habria sabido si había alguien en la villa, porque no salían del parque. Hasta las criadas, distantes y altivas, entraban y salían en coche; no había manera de introducirse en aquella casa, ni de saber quién la habitaba. Sólo adultos, desde luego, tal vez homosexuales. En cualquier caso tenían mucha influencia, puesto que habían conseguido que los militares se llevaran aquella plaga que parasitaba en los cimientos de "Las Tres Marías". Aunque de poco había servido proque "la plaga" había vuelto horas más tarde.

* * *

El progreso y el desarrollo económico han conseguido lo que los propietarios de "Las Tres Marías" no lograron. Las cuevas estan cegadas, las chabolas han desaparecido y del Patio sólo quedan la puerta a medio arrancar, algunas paredes, que se vienen abajo, y escombros.

Nadie más oirá al atardecer los lamentos de las guitarras, el cante jondo, los chillidos de las mujeres y los llantos de los niños hambrientos. Nadie más verá relucir las facas a la luz de las bujías o al brillar de las estrellas.

El progreso ha acabado con el Patio y las chabolas. ¿También con el hambre? ¿Qué ha sido de los antiguos habitantes de la cantera? ¿De los niños como Fátima? ¿Se han transformado en colegiales limpios y disciplinados?

Desde que aterrizó, ha visto más mendigos que nunca en la ciudad. Niños, adolescentes, madres con varios hijos, viejas con aspecto decente, padres con bebés de pocos meses en los brazos... Cien veces la han parado en la calle, para ofrecerle pañuelos, bolsas de plástico, bayetas, medias, mecheros...

Quizás la gente que vivía aquí acampe ahora un poco más lejos, allí donde el metro cuadrado todavía no tiene comprador.

Le cuesta imaginar otras Fátimas domadas. Es monstruoso, pero hasta le parece un sacrilegio que esas nuevas Fátimas hayan sido domesticadas.

* * *

Fátima tenía apenas tres años cuando Ana la vio por primera vez. Pero ya la abuela la alquilaba al viejo de "los ojos de oro" para pedir limosna por la ciudad.

Durante sus horas de ocio, Fátima imploraba también la caridad, o más bien la exigía, y la gente, enternecida por su perfil puro, su tez mate, sus largas. pestañas, su pelo negro como el azabache, sus delicadas manos, y sus frágiles muñecas, siempre era generosa con ella. O creía serlo.

Jamás pudo ver nadie criatura tan perfectamente bella, ni con tanta gracia y tanta elegancia felina. ¡Ni con tal mal carácter, ni tan astuta, ni tan codiciosa, ni tan deslenguada!

Pero sabía mirar con tanto candor, pedía con tan sincero acento, que conseguía hacer olvidar su lengua viperina y las malvadas maldiciones que vomitaba cuando la limosna le parecía escasa.

De todas maneras, fuese miserable o generosa la limosna, en cuanto su minúscula y delicada mano, convertida en garra, se apoderaba de ella, la mirada de Fátima sólo expresaba triunfo, desprecio o cólera.

A los humildes"por favor, un trocito de pan'', (nadie ignoraba que sólo las galletas podían, eventualmente, interesarle). Se sucedían los —"oye, cabrona, ¿qué quieres que haga yo con esta miseria?" "Con esto no compro ni papel para limpiarme una vez el culo". "Maricón". "Rata de sacristía". "Chinche de púlpito". "¡Va, pellejo!" "Ojalá te arrastren por un cañaveral mal segao". "Dios quiera que te metan ratas vivas por el ojo del culo". "Que Dios te envíe la lepra y se te caiga la lengua a pedazos".

Se juraban no volver a darle limosna, pero olvidaban el juramento y sucumbían cada día ante el encanto de la niña, y sobre todo, deseaban domesticarla y apoderarse de su belleza. Algunas almas caritativas la imaginaban muy bien con el uniforme de los niños del hospicio, o, (quién sabe), quizás lograrían ponerle un uniforme de criada hecho por una costurera barata, con un delantalito y una cofia muy mona, como los de Benita. ¡Todos deseaban protegerla!

—No me jodas, —replicaba la niña. ¿Llamas protegerme a encerrarme todo el jodio día?

—Pero chiquilla, te enseñarían el catecismo.

¿Para qué coño me serviría a mí el catecismo? ¿Es que eso se come?

—Para amar a Dios.

—No me vengas con gilipolladas. ¡Nos ha "jeringao" la tía!

—Te enseñarían un oficio.

—¿Qué falta me hace? Si cuando sea grande seré puta como mi madre.

—¡Por el amor del cielo! ¡Si Jesusito te oyese!

—¿Y qué coño me importa que me oiga ese "desgraciao" que no me llega ni al tobillo?"

Se trataba de un malentendido. El único Jesusito que Fátima frecuentaba y que conocía mejor que su lo "hubiese cagao" vivía en una cueva con su madre, "la virgen", y pedía limosna por su cuenta.

Con la cabeza rubia, llena de piojos, naturalmente y perfil de bebé, se parecía, en efecto, al Jesusito de las estampas que daban en la escuela a los niños que asistían asiduamente a misa.

El niño y la madre (bien parecida y sosias de la Santa Virgen) explotaba esta semejanza en la puerta de iglesias lejanas donde los feligreses ignoraban que la inocente madre tenía tres niños más y qcreían que el Espíritu Santo la había visitado y preñado por la oreja. ¡Si hasta ella misma creía en su virginidad!

El Jesusito cavernícola no era ni tan guapo, ni tan fino, ni tan imaginativo como Fátima, de manera que los veraneantes no le perdonaban ni las blasfemias ni, sobre todo, que se pusiese basto con la edad.

Así que, tenía razón Fátima cuando aseguraba que el gilipollas del Jesús no la llegaba ni a las suelas. Que hasta el pelo, que la madre enjuagaba con manzanilla se le estaba oscureciendo y pronto habría que teñírselo. Pero incluso teñido no daría el pego y las beatas dejarían de embelesarse con el Jesusito de pacotilla.

Avida de libertad, y, siendo algo honrada en el fondo, mentía por necesidad. Suplicaba y adulaba para obtener una limosna, pero apenas obtenida, su integridad la obligaba a mostrar sus verdaderos sentimientos hacia las almas generosas que querían hacer de ella otra Benita. Para vanagloriarse ante los invitados, para contar cómo la habían sacado del arroyo y lo buenísimos que eran con la pobre desgraciada. Tal vez la habrían quitado los piojos e improvisado un catre en cualquier rincón, para estar seguros de que al día siguiente continuaría en la casa. "A mí no me la dais con queso, hijos de puta", —decía la niña que se las sabía todas.

A los seis años, Fátima tenía ya una riquísima experiencia adquirida en la calle sobre todo gracias al "viejo de los ojos de oro", llamado así porque sus ojos pustulosos, que no quería que se los curasen, despertaban piedad. Sus ojos y dos niños a los que hacía pasar por sus nietecitos y que alquilaba a una vieja chalada, cuya locura consistía en cuidar su cara, surcada por miles de arrugas y en fanfarronear de que nadie le achacaría tener ochenta años. La verdad es que sólo aparentaba tener setenta y nueve, once meses y algunas semanas.

"El viejo de los ojos de oro", había comprobado con frecuencia la resistencia del nudoso bastón que le servía de guía, sobre las costillas de Fátima, ya que veía perfectamente y en más de una ocasión había advertido por el rabillo del ojo, cómo Fátima escondía algunas pesetas en el dobladillo de su andrajoso vestido.

Andrajoso, porque la abuela hacía desaparecer los trajes que le daban a la niña. Eran demasiado frágiles, "los destrozaría en un santiamén", así que cuando la niña volvía a casa vestida decentemente, de la cabeza a los pies, le arrancaba la ropa y se precipitaba con ella a la trapería de donde volvía con huevos frescos, o con carne picada, para embadurnarse la cara.

Fátima nunca probó aquellos huevos, ni cató la carne. Pero con el tiempo aprendió a alimentarse por su cuenta y a defenderse del viejo.

Cuando del viejo levantaba el bastón, Fátima amenazaba con pedir socorro a los peatones, escasos, de lo contrario el mendigo no habría intentado golpearla.

—Diré a todo el mundo que no eres nuestro abuelo, que nos alquilas para engañar a los panolis y que ves mejor que yo.

Jazmín se encogía cuando sentía aproximarse la tormenta. La pobre criatura, que no estaba hecha para aquella vida y soñaba con crecer apaciblemente en un hospicio, no sabía quién le inspiraba más terror: la abuela, el mendigo, o su prima Fátima.

Fátima no se contentaba con amenazar, también daba feroces puntapiés en las tibias del viejo, que reprimía la tentación de retorcer el pescuezo de la fiera, porque sin la niña su negocio se vendría abajo.

—Uno de estos días me instalo por mi cuenta. ¡Ya te las arreglarás con el Jazmín!

Jazmín, bizco, tímido y torpe, sólo servía para hacer bulto.

Cuando las cosas se ponían muy feas el mendigo intentaba conmover a la niña; en vano, porque la dulce criatura en lugar de corazón parecía tener un pedernal. Y sobre todo poseía una memoria de elefante y recordaba perfectamente los golpes recibidos.

—¡Con todo lo que he hecho por tí y por tu madre! Me has salido tan desagradecida como ella, que sin mí no habría llegado a nada, y ahora, que es rica, olvida a su pobre abuelo.

—Para el carro, gilipollas. La Agustina no es nieta tuya y no te debe nada. ¡Viejo roñoso!

—¿Cómo que no? ¿Quién le dio dinero para que fuese a Barcelona a trabajar?

—Tú, a cambio de follártela.

—¡Deslenguada rapaza! Nunca follé con la desgraciada de tu madre.

—¡Oye cabrón, mi madre no es una desgraciada, que no le falta ni un brazo ni una pierna, ni tiene los ojos podridos como tú!

Fátima sufría, en silencio, oyendo oir hablar mal de aquella que le prohibía llamarle madre, porque la envejecía esa hija que había parido cuando tenía quince años; además, oficialmente, eran hermanas.

La Agustina decía estar sirviendo, pero para nadie era un secreto que "trabajaba" de puta en los alrededores del puerto y cuando hacía una breve aparición en el Patio era siempre con un marinero diferente con el que aseguraba iba a casarse; y mientras llegaba la boda, jodía con los hombres que traía a casa delante de su, oficialmente, hermana.

Fátima no sabía si admirar o despreciar al pingo de Agustina, que no la abrazaba nunca por miedo a que se le corriese el maquillaje. Aunque con sus chulos no hacía tantos remilgos.

* * *

El viento sopla cada vez más irascible, levantando polvaredas. Ana abandona la cantera, rodea el Patio, sube la cuesta, echa una última mirada a su antigua casa y le da, definitivamente, la espalda.

* * *

Por doquier aceras destrozadas, fincas a medio construir y cimientos donde enraizar las bases de futuros edificios.

Los muros del jardín de "Las Tres Marías" y la verja de entrada siguen en pie, pero manos criminales han arrancado los eucaliptos, sicomoros y pinos y la gran villa ha sido reemplazada por tres ridículas casas, prefabricadas, separadas por pequeños muros de piedra que dividen al jardín en tres. ¡Qué destrozo!

* * *

Rodea lentamente los muros de "Las Tres Marías" agobiada por el peso del tiempo y por los recuerdos.

De pie, al borde de la pequeña montaña cortada a pico, vuelve a observar el Patio sin vida.

Aquí mismo le robaron su primer beso, esperado y deseado durante meses. Sólo imaginarlo sentía vértigos, pero, a la hora de la verdad, la decepción fue enorme.

Asco del sabor raro de aquella saliva que no era suya y sorpresa al sentirse penetrada por una lengua indiscreta, fueron las dos sensaciones más agudas. ¿Cómo habría imaginado que un beso fuese algo tan íntimo?

Sorpresa, asco, y aburrimiento, porque el beso duró una eternidad, durante la cual siguió con la vista las acrobacias de una avioneta, fotografió con la mirada hasta el último detalle de la viña virgen cuya sombra les cobijaba y escuchó el canto infatigable de un ruiseñor invisible.

Sorpresa también al no sentirse emocionada en aquel momento que decían "supremo" y que toda su vida recordaría con emoción...

Treinta años más tarde sólo siente algo de ternura por aquel primer amante ridículo al que abandonó friamente y con el que sueña a veces con cariño.

Las cosas absurdas de la vida.

* * *

Se siente observada y de repente se da cuenta de que, no lejos de ella, dos albañiles, con la tartera en la mano, la desnudan insolentes con la mirada.

La presencia de una mujer elegante en medio de los escombros debe parecerles insólita. Una extranjera, probablemente. ¿A quién si no, se le ocurriría pasearse por aquel desierto? ¿Tal vez piense comprar terrenos? ¿Quizás vino a provocarlos? Las extranjeras son todas unas putas mal folladas.

—Oye, guapa, ¿pasamos un buen rato juntos?, —pregunta uno de ellos.

Ana le mira friamente y comienza a alejarse dignamente, sin querer demostrar que se siente desamparada y culpable de su imprudencia, porque se ha dado cuenta de pronto de que aparte de los dos albañiles no hay un alma a la vista.

Sólo ruinas, obras desiertas y algunas villas que esperan sobrecogidas la hora de la demolición.

—¡Ya te haría yo moverte en el catre!, —asegura el otro.

—¡Anda, grandísima puta, tienes una cara de chota mamona que dan unas ganas locas de metértela! ¡Ven, vamos a echarnos un polvo!

No cambia de itinerario, pero acelera el paso; le cuesta mucho no correr y dominar la rabia y las lágrimas. Incluso cuando los hombres quedan ya muy alejados de ella, el corazón sigue latiéndole dolorosamente. ¡Jamás la habían insusltado así desde que dejó el país!

Baja la larga calle que separa los dos pueblos y para pasar delante del convento que servía de reformatorio y coger el tren en el pueblo vecino. Pero el convento también ha sido sustituido por una construcción moderna de ladrillos rojos. Ana recuerda con melancolía el patio del claustro, rodeado de columnas y de arcos y en cuyo centro el surtidor de una pequeña fuente murmuraba apaciblemente coreado por las palomas que anidaban en el campanario de la capilla.

Antaño multiplicaba las visitas al reformatorio, donde el padre decía querer encerrarla y cuyas reclusas reparaban medias, sólo por el placer de pasar bajo las arcadas e impregnarse de la paz que reinaba en el recinto.

El tiempo, que parecía haberse detenido en el interior de los viejos muros, ha acelerado su ritmo y se ha tomado la revancha sobre tanta placidez y serenidad. El resultado de su victoria es desastroso.

"¡Los muy vándalos!", —piensa Ana que soñaba apropiarse el convento y vivir entre sus piedras una vida contemplativa.

* * *

La villa situada frente al reformatorio, que aún debe estar habitada puesto que hay juguetes diseminados sobre la avenida central del inmenso jardín, ha desafiado valientemente al progreso. Pero permanece con puertas y contraventanas herméticamente cerradas para protegerse de un polvo que ya ha asfixiado a las palmeras y que cubre, como un sudario, el cesped y hace palidecer naranjos y limoneros. ¿Cuánto tiempo resistirá a la invasión del polvo y al empuje de los promotores?

En este jardín, una noche oscura como boca de loco, se dejó besar por un estudiante de medicina que no tenía más atractivo para ella que el de gustar a todas las veraneantes, y, sobre todo, a sus propias hermanas. ¡Pensar que solo aprovecharon la impenetrable oscuridad y la calma de la noche para besarse! ¡Qué absurdo haber despilfarrado tantas noches perfumadas, hechas para amar! ¡Tanto amor desaprovechado! ¡La honra de la familia lo exigía!

* * *

Cerca ya de la estación unos maullidos desesperados atraen su interés. En el centro de un solar, un minúsculo gato negro la observa aterrado, pero su único ojo brilla con un ligero destello de esperanza. Ana se acerca, tiende la mano y el felino asustado corre a esconderse bajo unas tejas. Mas apenas Ana reemprende el camino, el animal sale de su escondite y lanza un patético maullido de socorro.

Pacientemente y sin preguntarse que hará con el animal, Ana vuelve sobre sus pasos y el gato corre de nuevo a buscar refugio; esta vez sólo se esconde a medias, para poder estudiar con su ojo de bebé gato a la mujer que se inclina hacia él y murmura cosas tranquilizadoras.

Tras un profundo exámen, el felino decide confiar en la desconocida y aunque tiembla aterrado cuando su mano se apodera de él, no deja por ello de ronronear para que nadie ponga en duda sus buenas intenciones. Cuando lo levantan del suelo

121

no quiere ver dónde van a dejarle caer y cierra el ojo estreme-
ciéndose de miedo, hasta que el conta cto de algo suave y blan-
do le tranquiliza; se decide a mirar, y ve, de un lado una piel
humana cálida, del otro, una deliciosa cosa casi tan blanda y
tibia como el vientre de su madre, y el felino, que jamás imaginó que cosas tan exquisitas pudieran existir, se asombra y maravilla. Pero su corazón sigue latiendo rápidamente y de vez en
cuando un suspiro angustiado se escapa de su garganta.

Una mano, la segunda que ve de cerca (la primera fue la
que por capricho, le reventó un ojo), lo acaricia delicadamente
la frente, el cuello, la barbilla; una voz que no se parece en nada
a las que hasta ahora ha oido, le dice cosas incomprensibles, pero
tiernas, satinadas, ya sereno, estira sus patas delanteras, larguí-
simas, finas, elegantes y satinadas y olvidando el hambre que
se agarra a su vientre desde que nació, su nariz embozada y sus
pulmones encharcados suspira de felicidad.

* * *

Ana estrecha contra su pecho al pequeño animal venido a
su encuentro, tal vez para permitirle reparar la cobardía cometi-
da treinta y cinco años antes, y preocupada por esta vida de la
que se siente responsable, apresura el paso.

Esperanza le reprochará haberse dejado enternecer por una
animal cuando su espíritu debería estar enteramente absorbido
por el duelo de la madre. Será mejor ocultarle la existencia del
gato.

Impaciente por regresar a la ciudad, busca en vano un taxi,
y al final se resigna a esperar un tren que no acaba de llegar.
Mientras aguarda, irritada por el retraso, recorre varias veces el
andén. Contra su pecho siente latir el corazón del felino y en
su cuello el trajín de las pulgas que lo devoran.

Plantado en el centro del andén un muchacho joven, sin
duda un obrero endomingado, la observa ir y venir y, una de
las veces en que Ana pasa junto a él, se quita la chaqueta, que
parece nueva, y la echa a los pies de la desconocida.

Cuando era joven, altiva y desconsiderada, hubiera andado

sobre el improvisado tapiz (comprado seguramente a plazos y que tal vez no acabaría nunca de ser pagado), para castigar al insolente.

Hoy, sin la presencia del gato, tal vez se habría sentido halagada, porque ha llegado a la edad en la que ya no se es insensible a los homenajes de los hombres, cada vez más escasos, y ya tiene menos ocasiones de decir no. Más otros muchos porqués, signos certeros de su vejez.

Pero el ser raquítico que anida contra su pecho y ronronea cada vez más fuerte, acapara todo su interés. ¿Quién le hubiese podido decir unas horas antes que podría dejarse atrapar por un miserable gatejo que no pesa ni trescientos gramos y que sólo tiene un ojo y miles de voraces pulgas vampirizando su cuerpo que se mantiene vivo de milagro?

* * *

Sale de la estación sin mirar hacia atrás, sube aun taxi y se aleja de este otro cementerio.

* * *

Y empiezan las carreras en busca de leche especial para el gato, de botes de comida para bebés, de un filete que exige sea picado en una máquina exclusivamente reservada para carne de buey, y los carniceros la envían a hacer gárgaras, porque, —"aquí señora, picamos todo en la misma máquina y no nos pasa nada por mezclar el buey con un poco de cerdo o de tenera".

En las farmacias pide un insecticida garantizado, con todas las letras, no tóxico, los farmacéuticos reprimen mal la irritación.

—¡Pero si es excelente e inofensivo!

—¡Fe de farmacéutico! ¡Un insecticida hecho sólo con plantas!

—¿Y qué? ¿La cicuta es un planta, no? Y si en la etiqueta han puesto que hay que lavarse las manos cuidadosamente después de su empleo, es que el insecticida no es tan inofensivo.

¡Tanto cuento a causa de un gato famélico y tuerto! Estas inglesas están tan locas con los animales que pierden el sentido del ridículo y de la higiene. Y ésta era más extravagante que todas las inglesas con las que hasta ahora habían topado. ¿Cómo puede abrazar a ese animal repugnante que ninguna persona normal tocaría por todo el oro del mundo? Una dependienta busca refugio en la trastienda para no vomitar.

¡No solamente el bicho es un gato, sino que también es negro y, para colmo de maleficios, tuerto!

—Pues no, tenemos insecticidas especiales para bebés gatos. Mire, aquí estamos en España, nuestros gatos no son tan delicados como los de ustedes. ¿Y qué necesidad hay de que el insecticida sea garantizado y no tóxico? ¡Los gatos tienen siete vidas! Incluso cuando se caen de un tejado siempre resultan ilesos. Y si se mueren, ¡pues a por otro!, que no es eso lo que falta.

Cuando Ana sale de las farmacias, todo el mundo respira aliviado.

La mañana avanza y Ana se impacienta.

El colmo de las contrariedades: el veterinario, que le ha dado cita a la una por teléfono, está ocupado.

—¿Qué quiere que haga? Hay días en los que sólo me traen animales accidentados, como hay días en los que sólo me traen perros, o sólo gatos.

Al final para quitársela de encima, accede a dar una ojeada al gato y dice que bueno, que pase, que se ocupará rápidamente del animal.

Ya en el consultorio mira hostilmente al paciente.

—¿Qué piensa hacer con este bicho?, pregunta con desprecio. Hay que exterminarlo. Bastará con un poco de pentobarbital.

¿Exterminar al gato? ¡El muy asesino!

Ana abandona la clínica furiosa.

La consulta ha durado dos minutos y ha costado mil pesetas. El veterinario ni siquiera ha tocado al animal.

* * *

De vuelta al hotel exige que no la molesten con ningún pretexto.

El gato, maravillado, se deja manipular dócilmente. Quitar las pulgas, lavar y secar, limpiar el ojo, y hasta traga, resignado, los antibióticos. Sin embargo, acostumbrado a alimentarse sólo con pieles de patata y de tomates y alguna que otra lagartija, rechaza la carne. Pero come con apetito las zanahorias con lenguado.

—Basta ya, o te pondrás enfermo. Y ahora tienes que hacer pipí.

Tras una breve vacilación, el gato hace lo que le piden en una caja de zapatos medio llena de arena seca en la que podría dormir muy confortablemente. Tal vez incluso las piedrecitas sean comestibles. ¡Qué pena tener que ensuciarlas! Pero, en fin, hay que dar gusto a la buena samaritana.

¡Sorpresa maravillosa! Para dormir, su nueva ama, ha previsto un jersey de angora, tan suave y mullido que el animal no acaba de creer en su felicidad.

Él, el más desheredado de los gatos. Él, el último en nacer de la camada que abrió los ojos en un solar pelado y que sólo mamó las tetas ya vaciadas por los hermanos. Él, al que los hermanos han ahuyentado porque la muerte le acecha e, inexorablemente, va tomando posesión día tras día de su minúscula presa. Él, que desesperado al verse rechazado por los suyos, se ha lanzado por los caminos y, sintiendo rondar la muerte, ha a lanzado un S.O.S. que el azar ha hecho que fuera escuchado por esta alma caritativa que le suplica que resista sólo unas horas a la muerte y que jura convertirle en un gato de lujo.

El gato decide aferrarse a todas las buenas cosas que le llueven del cielo.

El cepillo que le ha liberado de los despiadados vampiros, la mullida lana, el vientre lleno y que por primera vez en su vida no grita de hambre, su nariz y su único ojo, limpios y secos. ¡Oh, gran Dios de los gatos, déjame gozar de este paraíso!

Confiado, se duerme en medio de la cama, muy estirado para parecer más grande e imponer respeto a su enemiga, la muerte.

* * *

¡Las tres casi! Esperanza la espera desde las dos.

Llama a recepción e insiste en que nadie la moleste, cuelga en el picaporte de la puerta el cartel "do not disturb" y abandona el hotel furtivamente llevándose la llave de su habitación para estar segura de que nadie perturbará el sueño del gato.

* * *

El taxi cruza una ciudad que el sol radiante no consigue alegrar, ¿o es ella la que lleva la tristeza encima?; se aleja hacia el puerto.

Al pasar delante de la finca de los Zurbano se echa hacia atrás, para no ser vista, pero un poco más allá, delante del semáforo, con el taxi parado y Ana inclinada hacia el chofer para indicarle el camino, su mirada se cruza con la de Anita, que pasaba por allí.

Ana sonríe, hace un gesto amistoso, justo en el momento en que el semáforo cambia de color y el coche arranca.

Con el corazón encogido, ve a su madrina achicarse en la distancia y se avergüenza de haberla mentido, pero decide mentir de nuevo.

O quizá mejor, Esperanza lo hará por ella. Su vuelo ha sido retrasado por razones técnicas.

* * *

Ana encuentra a Esperanza deshecha porque Dolores se ha llevado el contenido de varios armarios. La pobre ingénua no acaba de creerlo. ¡Hacerle esto a ella! ¡Robarla cuando hubiera bastado con pedirle lo que quisiera!

Ya no es un misterio el porqué Dolores había venido con su tribu y con tantas maletas vacías. El marido y los hijos debieron llenarlas durante el entierro.

—¿Tu crees que le hubiera negado algo?

Por si las moscas, Dolores ha preferido servirse ella misma.

El piso en que vivía la madre y el mobiliario pertenecen a Esperanza, que compró todo para poder venir a pasar el verano... y para que la madre tuviera un techo decente. El piso comprado por el padre unos meses antes de su muerte fue vendido a instancias de Dolores, que insistía en que la madre se fuera con ella a América. La madre cedió a sus deseos y liquidó cuanto poseía.

Primero se fue Dolores, con su actual marido, del que sólo era "novia", "para abrir camino". Cuando la madre había tramitado ya su pasaporte para ir a reunirse con ellos, recibió una carta de la hija diciendo no poder acojerla porque "el casado casa quiere". La madre nunca dió a sus otras hijas explicaciones sobre este cambio de programa, ni dijo qué había pasado con el dinero de la venta del piso.

Unas semanas más tarde, Esperanza, llegó de improviso y encontró a la madre en una pensión miserable pegando sobres para ganarse unas pesetillas.

Sin embargo, antes de morir, el padre había dado a su mujer un gran fajo de billetes que siempre llevaba consigo, porque no confiaba en los bancos.

Dolores, que no dormía pensando en aquel dinero, intentó, por todos los medios apoderarse de él, pero el padre, que al final de sus días no veía a su hija mayor con los ojos de antaño, resistió a todos los chantajes e incluso, antes de morir, hizo jurar a su mujer que no daría un céntimo a Dolores. A pesar de lo cual, el dinero había desaparecido y la madre se veía en la miseria ya que el marido había trabajado muy pocos años y la pensión de viudedad era ridícula.

Hubo que suplicarla mucho para que se decidiera a instalarse en el nuevo piso, lleno de luz, de sol y amueblado a su gusto; y sólo aceptó mudarse por complacer a la "pesada de su hija".

¡Fue tan ingénua que puso las escrituras a nombre de la madre! Si Ana no hubiera intervenido a tiempo el piso continuaría perteneciendo a la madre y Dolores exigiría ahora su parte de herencia.

Conociéndola como la conoce, Ana estaba segura de que había estado en el registro de la propiedad para ver si podía reclamar algo.

* * *

Esperanza recapitula.

—Una radio, un televisor portátil, dos relojes de pulsera, seis sábanas, algunas piezas de tela compradas de saldo...

A pesar de su mala vista y de su torpeza, la muerta se empeñaba en hacer vestidos a sus nietas que le salían como churros y que había que regalarlos o tirarlos, pero, para no humillarla, Esperanza aseguraba que las niñas los encontraban lindísimos.

Las niñas tenían caprichos de millonarias y era imposible encontrar unos pantalones a su gusto que costasen menos de cuarenta dólares, mientras que los de Esperanza sólo valían cuatro o cinco; ¡y le parecían caros para ella!

¿Qué decir a esta pobre idiota, para consolarla? ¿Que en cuanto vuelva la espalda, vendrá Dolores con un camión y vaciará la casa?

—¡Nunca me haría eso a mí!, —dice escandalizada Esperanza.

—¿Y por qué no?

—Porque... ¡Porque no! Sería ir demasiado lejos... ¡Soy su hermana!

—Razón de más para que te desvalije. Sabe perfectamente que no la denunciarás.

—Eres demasiado dura con ella. Eso es lo que mamá más te reprochaba. Vuestro enfado amargó los últimos años de su vida.

No hubo enfado. Apenas se fue de casa, cortó por lo sano y quemó las cartas con las que la hermana mayor la bombardeaba. Sin leerlas. Durante años la madre intentó acercarlas. Reproches, ruegos, poses de reina ofendida.

—¡Si no te ha hecho nada! En todo casa nada grave. Nunca hubo mala intención. Entre hermanas siempre hay conflictos, cosas poco graves... Aunque hubiesen sido graves ¿cómo puedes olvidar que sois hijas de la misma madre?

Ana no lo olvidaba. ¡Tener los mismos padres que aquel despreciable ser!

—¿Tanto te costaría enviarle una postal de vez en cuando? ¿Un telegrama el día de su cumpleaños?

¿Conmemorar el nacimiento de la hermana? El día que nació Dolores seguro que brillaba una mala estrella.

—¿No quieres hacerlo por mí? Unas letras por Navidad, cuando los hombres de buena voluntad se reconcilian o hacen una tregua. ¿Una felicitación por año nuevo?

Una postal hubiera bastado para que Dolores se presentase en su casa con su tribu, sus enredos, sus estafas y con la C.I.A. y el F.B.I. en los talones.

Igual que se presentó en casa de Esperanza, que tras un año de infierno le abandonó el terreno, sin mucho pesar, porque los hijos de Dolores habían destrozado la casa.

—La pobre me pregunta por tí, con cariño. De verdad que se preocupa mucho por tí.

Ana se ensombrecía. ¿La madre contaba a Dolores todo cuanto ella le decía?

—No mujer, protestaba la madre tibiamente.

Ana contenía a duras penas su cólera.

—¿No me escuchas?

No. No había recorrido miles de kilómetros para oír hablar de Dolores.

* * *

Esperanza recorre el piso, en el que todo respira la presencia de la madre, para verificar de nuevo lo que falta. Ana la sigue temiendo que la hermana descubra nuevas fechorías.

—¡Dios del cielo! Igual se ha llevado tus pieles.

Ana no acaba de comprender.

Pero Esperanza saca de un baúl, del que se hizo maquinalmente con la llave a su llegada, sin saber por qué tomaba esa precaución, dos lobos azules regalados a la madre, veinticinco años antes, para compensarla de la pérdida de los zorros que tuvo que vender cuando Ana era niña. Minúsculas tiras de piel por las que la madre lloró acongojada, con lágrimas de mujer joven y coqueta privada de sus más bellos adornos.

La madre los había codiciado de recién casada, pero sólo los consiguió veinte años más tarde, cuando ya comenzaba a perder todas sus ilusiones y su corrazón se endurecía. El marido dijo haberlos matado en uno de aquellos fines de semana que decía ir de caza y que en realidad pasaba en casa de su querida.

Las pieles, cuidadosamente envueltos en papel de seda, continúan en la caja de la peletería que los vendió.

—Ni siquiera los estrenó. Pensaba que eran demasiado bonitos, demasiado caros... Y como se los regalaste imponiéndole la condición de que no se los diera a Dolores... No sabía cómo devolvértelos sin ofenderte...

Encaja la bofetada valerosamente y levanta los hombros con fingida indiferencia.

¿Te los llevas?. pregunta Esperanza haciendo como si no le diese importancia al asunto.

¿Qué quería la madre que hiciera con ellos? Todos saben que detesta las pieles. Para decidirse a franquear la puerta de la peletería y comprarlos, tuvo que recordar la tristeza de la madre aquel día que se deshizo de los zorros para poder dar de comer a sus hijas. ¡Y violentarse muchísimo!

Veinticinco años después, los despojos la horrorizan. Hasta tiembla interiormente a la vista de los animales inutilmente asesinados.

—Mamá no quería ofenderte, —dice Esperanza conciliadora.
liadora.

Ana se calla para no decir algo que más tarde lamentaría. Después de todo, el defecto mayor de Esperanza es ser tonta.

Pero no cree haber merecido que la madre le escupa a la cara su falta de amor y que se las haya arreglado para, ya enterrada, rechazarla una vez más. Rechazar a esa hija que no se parecía en nada a la familia. Salvo al padre. Pero en cuestión de filiaciones la madre solo reconocía la suya.

—¡Esta chica es tan rara! No sé a quién ha salido.

Parecía incluso acusar al marido de haberla engañado y de haber metido en casa a una hija de madre desconocida.

También hay algo de maldad inconsciente en el gesto de Esperanza, que hubiera podido no hablar de los zorros, completamente olvidados por Ana.

* * *

Sumidas en sus recuerdos, las hermanas callan.

Esperanza pasa revista a su infancia esforzándose, en vano, en encontrar algún recuerdo agradable con el que Dolores pudiera estar asociada. Aunque Ana también les ha llevado por la calle de la amargura.

Cree ser demasiado buena, su bondad es su único defecto.

"Solo yerra a medias. En efecto, es demasiado buena, pero también es idiota y nunca fue verdaderamente leal", se dice Ana que lee el pensamiento de Esperanza.

Se conoce demasiado, las palabras huelgan. De niñas se ejercitaron en adivinarse el pensamiento. Pese a ellas, la comunicación telepática continúa y dificulta sus buenas relaciones.

Desde la muerte del padre Esperanza sirvió de moderadora entre Ana y la madre. Sin su neutralidad y su tolerancia, hace años que la hermana hubiera mandado al carajo a la madre. Ana tiene cualidades, pero es tan monstruosamente egoista que no permite que le amarguen la existencia.

En lo que concierte a Dolores, ha cerrado siempre los ojos para no ver sus indelicadezas.

"Indelicadezas, piensa Ana. ¡Elegante manera de calificar los robos y estafas de Dolores!"

Esperanza también pasaba en silencio las críticas que Dolores hacía de la madre. Dolores siempre tuvo una lengua viperina.

¡Y los sacrificios que ha hecho para mantener dignamente a la madre sin que el marido se diese cuenta de lo cara que le salía una suegra que no pedía nada! Pero cambiaba de mobiliario cuando se le antojaba y, sin consultar con nadie, firmaba letras que Esperanza debería de pagar luego. ¿Cómo hacerle comprender que no podía permitirse el lujo de cambiar de muebles como de camisa? La madre tiraba la casa por la ventana, mientras Esperanza acechaba las gangas y aprovechava los saldos para vestirse. ¡No poder compartir jamás su preocupaciones económicas con el marido! ¡Y tener que mostrarse serana, siempre cuando ni podía conciliar el sueño, temiendo que las letras, firmadas caprichosamente por la madre, fuesen protestadas. Como las bailarinas cuando ejecutan sonrientes el "grand éctart", vistas de cerca, la sonrisa es en realiad una horrible mueca. La madre sólo podía contar con ella, ya que Dolores nunca dio nada a nadie y Ana pasó las de Caín con un estudiante pobre antes de casarse de segundas nupcias con un hombre rico. De todas maneras, la madre no quería nada de la hija que iba siempre a su aire y que la abandonó en su lecho de muerte. La madre, muerta muchísimos años después del abandono, exageraba un poco. Además, cuando las hijas se fueron, una tras otra, y murió el marido, no quedando nadie a quien chantajear, dejó de sufrir ataques de epilepsia. Lo cual no dejaba de ser extraño.

* * *

Recorren la ciudad evocando los años pasados en ella que, "bien pensado, no fueron felices", reconoce Esperanza, sin conseguir cortar el hilo del monólogo interior que la absorve.

Entre "recuerda" y "acuérdate" Ana intenta alejar de su mente la imagen de los lobos atrapados en el cepo, observando con ojos moribundos como su sangre se derramaba hasta la última gota, hasta su último suspiro. ¿Cómo pudo comprar los siniestros trofeos de caza que la han sido devueltos luego como un boomerang? Jamás debió dejarse enternecer pensando en las ilusiones perdidas de la madre.

Esperanza hace recuento de todas las guarrerías que le ha hecho Dolores durante los últios años, y que sólo perdonó para no apenar a la madre, que sólo pedía que las hijas se entendiesen.

¡Nada más?

Resultaba, que Dolores llegaba sin avisar y se instalaba unos meses con sus retoños. Demasiado intelectual para las tareas repetitivas y tontas, dirigía la casa, administraba el presupuesto de las dos familias y se ocupaba de los poblemas importantes por ejemplo, deshacerse del perro que tenía el padre que Esperanza había adoptado y se negaba obstinadamente a *"eutanasiarlo"*, porque el chucho no padecía ninguna enfermedad, y hubiera sido, más bien, un asesinato.

132

—¡Pero hija, por Dios, es una guarrería tener un perro teniendo niños pequeños! ¿No me digas que vas a sacrificar la salud de tus hijas por ese chucho?

Por oscuras razones Dolores ha detestado siempre a los animales.

Mientras "el genio" de la familia gobernaba la casa aprovechando que el cuñado estaba lejos, en misión secreta, sus retoños torturaban al perro y tiranizaban a las primas.

Cuando Esperanza acudía, tímidamente, en defensa de sus hijas, la mirada cargada de reproches de la madre le obligaba a tragarse la rabia. Cobardemente, dejaba que el mayor de los sobrinos las pegase, o abrazase cuando se ponía tierno. Porque le daba la gana y era el más fuerte.

Las niñas se defendían, desesperadamente, en vano. Encajaban los golpes y los babosos besos de la mala bestia del primo quejándose a la madre de ser maltratadas y casi violadas. Lloraban, pataleaban; la abuela decía, tibiamente, que ya bastaba y la tía aseguraba que las niñas eran insoportables.

—¿No te pone nerviosa oirlas llorar continuamente? Si fuesen mis hijas...

Pensando en cobardías, y por asociación de ideas, Ana recuerda que es hora de alimentar al gato. Bruscamente asegura que tiene que pasar por el hotel y sin más, coge a Esperanza por un brazo y la arrastra literalmente por las estrechas callejuelas hasta llegar al hotel, dejándola allí plantada en un lujoso salón, donde Esperanza se siente cohibida y desamparada.

* * *

De nuevo, recorren las calles en busca del tiempo perdido.

Las dos se sienten unidas y el corazón de las dos sangra y creen que ninguna ha cambiado y ambas continúan el ininterrumpido monólogo interior.

Ana piensa en el tiempo perdido en el gabinete del psicoanalista al que acudió con la vana esperanza de llegar a tener algún día mejores relaciones con la madre.

Establecer el diálogo, reconocer sus respectivos errores... los últimos años se obstinaba en convencerse de que con un poco de buena voluntad... haciendo algunas concesiones si fuera necesario...

La madre nunca se habría reconciliado con una hija que decía hacer lo imposible para ganarse su aprobación y que en realidad se las arreglaba para contrariarla. Que imponía condiciones, que no quería renunciar a vivir y que ni siquiera se trataba con su hija preferida. ¡Era mucho regatear! La hija no se daba enteramente, se *prestaba*, y no cedía en lo esencial.

Lo "esencial", para la madre, era renunciar a ser adulta.

Para la hija lo "esencial" era conquistar un imperio para su ingrata madre. Cruzar mares en un cascarón de nuez, para ver a la madre. Atravesar océanos de fuego, para salvar a la madre. Matar a una docena de dragones, para liberar a la madre... Aunque hubiese realizado todas estas proezas, la madre, despechada por los éxitos de su hija, al verla volver victoriosa, habría exigido que realizara proezas más peligrosas.

Era imposible satisfacerla, porque su único, profundo, inconfesable y verdadero deseo, era aniquilar a aquella que había crecido en su vientre, como un tumor maligno, y que se aferraba a la vida.

¡Esta hija, que le había hecho tragar sapos y culebras! Y que, con el pretexto de ser ya adulta, quería vivir, diciendo la muy insolente, que ahora era su turno. Al regreso de la capital, ni siquiera se molestó en ocultar haber visto al vecino y cuando sorprendía la apenada mirada de la madre posada sobre ella, canturreba descarada: —"madre, no me pida que me arrepienta; estoy deshonrada, deshonrada pero contenta".

Sólo con oir las primeras notas de la canción, el padre se ponía rojo como un cangrejo y parecía que iba a darle algo.

Pero nada arredraba a la sinvergüenza que se quejaba porque se le estaba pasando la hora de ser desvirgada. Los años se le echaban encima y las chicas de su edad con cualquier encanto físico o material estaban ya comprometidas oficialmente; a ella todo el mundo empezaba a verla como a una futura solterona.

Entró en psicoanálisis en busca de lana y salió de allí curada y trasquilada.

* * *

Tres años antes de comenzar el tratamiento, oyó que su sobrina mayor decía en voz baja:

—¡No tienes razón abuela! ¡Eres incapaz de agradecer a tu hija el haber venido desde tan lejos para verte, y además eres mala con ella!

Unas horas más tarde Esperanza le reveló la clave del enigma: la niña había sorprendido la mirada cargada de odio que su abuela lanzaba a Ana, que, de espaldas, estaba a unos metros de ellas. ¡Había tanta maldad en aquella mirada que Esperanza se sintió angustiada y amenazada por aquella *inquietante* madre!

* * *

Esperanza murmura:

—Fue injusta contigo y recientemente lo confesaba. Ponte en su lugar; cuando naciste nos quería apasionadamente a Dolores y a mí y había organizado su vida en función de nosotras... Pero vinisteis la "peque" y tú a desbartar todo... Ya sabes que fuisteis un accidente.

¡Total, que les habían aguado la fiesta!

—Con la "peque" las cosas se arreglaron porque era muy abierta y flexible...

¡Y lo suficientemente complaciente como para renunciar a vivir!

—Tú, de una manera u otra, siempre te saliste con la tuya, siempre nos huiste. Mamá decía que si hubiese existido la posibilidad de instalarte en la luna, hubieras dado el salto con tal de estar más lejos de nosotros.

¿Cómo no huir de una madre que exigía que dejase de ser ella misma? De niña lo intentó y en aquel combate por poco perdió la identidad y el juicio.

—Me alejé de tí porque mamá y Dolores estaban siempre junto a tí, y de sobra sabes que mamá no hubiera soportado que mantuviéramos relaciones estrechas.

135

Esperanza lo sabe. La única vez que se reunieron las tres mujeres, la madre intentó indisponerlas por todos los medios y se puso casi enferma de celos al ver que las nietas ''se encaprichaban'' con su desconocida tía.

La competencia, según la madre, era desleal. Bien se veía que Ana no tenía la responsabilidad de educar a las sobrinas. Sólo iba a pasar quince días con ellas y podía mimarlas y pudrirlas. La abuela, que normalmente permitía cualquier capricho a las nietas, para indisponerlas con la madre y sembrar pérfidamente la discordia en el matrimonio, se puso intransigente —¿A la playa a estas horas? Ni hablar, es demasiado pronto. —¿A estas horas? Son casi las once y quiero que comamos a las doce. ¡A las tres de la tarde! ¡Estáis locas! Vuestra tía quiere que cojáis una insolación. Como no sois sus hijas. —¡Pero si son las cinco! El sol apenas calienta y os enfriaríais; claro que a vuestra tía le tiene sin cuidado que cojáis una pulmonía. Pero yo tengo que velar por vuestra salud. —No, no salís con vuestra tía porque no tenéis edad para ir a un salón de té. —¿A quién se le ocurrió comprar helados? ¡Con los microbios que tienen! Si cogéis una salmonela no será vuestra tía quien os cuide. —Nada de cine. Vuestra tía os está acostumbrando mal. No olvidéis que sois pobres y que tenéis que vivir según vuestros medios. Que vaya sola. Y como tiene mucho dinero para tirar, que vaya tres veces en lugar de una.

Un verdadero infierno.

El día en que Ana debía tomar el avión, la madre se fue de casa a las seis de la mañana y no volvió hasta entrada la noche para no despedirse de la hija.

Esperanza no quiere empañar el recuerdo de la muerta, pero sabe de sobra que la madre era un peligro.

Cuando la hija mayor de Esperanza comenzó a sufrir ataques, que parecían de epilepsia y no lo eran, el psiquiatra aconsejó firmemente que pusieran en la calle a la abuela; que venía a pasar sólo unos días, pero en un abrir y cerrar de ojos ''se hacía con las riendas de la situación''.

Reaccionó protestando airada y llorando desconsoladamente. —Era un complot contra la pobre viuda! ¿Cómo podían hacerla responsable de los ataques de su nieta. y de cuanto no funcionara en el matrimonio? La "viejecita" ocupaba el menor espacio posible en la casa y parecía pedir contínua y humildemente perdón por hallarse allí.

Poco a poco y a pesar de su desmedido amor, acabó reconociendo que la viejecita, que no había cumplido los sesenta años, no retrocedía ante nada con tal de proteger a "las pobres criaturas" de los padres... O más bien, de la madre, porque el padre se ausentaba mucho y apenas daba guerra.

Esperanza poseía muchas cualidades, pero... tenía mal carácter; era despótica con sus hijas y continuaba siendo una irresponsable. Con muy buena voluntad, eso sí. Pero para educar a las niñas hacía falta algo más que buena voluntad. Al principio, todo iba como la seda, siempre y cuando Esperanza no pretendiera mandar en su casa, porque entonces la madre se ofendía y exigía que le comprasen el billete de vuelta. —¡No se quedaría ni un día más en una casa donde no se la trataba con respeto! Si se hubiese dado cuenta antes de que molestaba...

Aterrada, Esperanza suplicaba a la madre que no lo tomase así.. y acababa pidiendo humildemente perdón de rodillas. Como antaño, cuando la madre perdonaba, lo hacía de mala gana y acto seguido añadía: "pero no sé si podré olvidar".

El amor de la madre estaba siempre en juego. Ese amor que podía darles o retirarles en cualquier instante, producía insomnios y pesadillas a las hijas.

La madre exigía cariño, respeto, solidaridad, lealtad, devoción y obediencia a cambio de un techo y de algunas migajas de ternura.

* * *

La muerte de la madre le permitía mirar hacia atrás con lucidez y preguntarse si de verdad la quiso tanto. A la inversa, tras el deceso del padre se dió cuenta de haberle querido a pesar de todo. El padre era estimulante. Su brutalidad le permitió rebelarse muy pronto. También fue liberal a veces y lo hubiera sido mucho más si la mujer y la hija mayor se lo hubiesen permitido.

Era una mala bestia, un macho protegido por las leyes hechas por los hombres, pero se le podía combatir abiertamente. A gritos, con desafíos, con amenazas y tomándole el pelo. Tirarle la piedra sin esconder la mano.

Pero la madre, siempre consagrada a unas hijas que la mataban a fuego lento, consiguió inculcarles un complejo de culpabilidad insuperable. A pesar de su arrogancia y de sus fanfarronadas, Ana no escapó de esa lepra que arrastró de continente a continente durante muchos años.

Incluso el respirar estaba mal visto por la madre, porque la hija rebelde ponía mucha *voluptuosidad* en ello. No era de extrañar por tanto, que durante la adolescencia todas las hermanas tuvieran problemas respiratorios. Asma, bronquitis, sinusitis, rinitis... Miserias que Ana ocultó cuidadosamente para evitar que la madre la asfixiase con sus cuidados.

* * *

Sutilmente, la madre hizo creer al marido que era él quien deseaba ardientemente que las hijas no se alejasen de su vera, cuando, en el fondo, el hombre hubiera dado algo por ver desaparecer a aquellas harpías y poder vivir en paz. Además, soñaba con que las hijas se enriquecieran y el milagro no podía realizarse si no salían de aquel agujero. Retenerlas era renunciar a la granja modelo que tanto deseaba y que las hijas no podían negarle. ¿Qué mal había en que se ganasen la vida decentemente?

La de ellas y la de los padres.

Decentemente...; era una manera de hablar. Codiciaba tantísimo la granja que jamás hubiera hecho preguntas indiscretas sobre el origen del dinero. Para el padre la honradez era una cuestión de rentabilidad. Para la madre también.

No era de extrañar que se pusiese furioso cuando Dolores le decía haber sorprendido a las hermanas con algún "noviete"; pensaba en la granja que deseaba "con fatiguitas de muerte" y se ponía malo viendo que las hijas derrochaban unos encantos generosamente concedidos por la madre naturaleza y que para cualquier mujer inteligente hubieran supuesto un filón de oro.

—Acabarán en un burdel, —vociferaba.

Burlona, Ana moderaba las esperanzas del padre.

—No te hagas demasiadas ilusiones papá.

—¡Cállate sinvergüenza!

—Por mí puedes estar tranquilo. Si alguna vez hago de puta será por mi cuenta y en hoteles de lujo. Nunca me acostaré con vejetes miserables a cambio de un par de zapatos o de un vestido, —decía "la sinvergüenza" mirando descaradamente a Dolores.

—Me repugnan esos viejos libinidosos al acecho de carne fresca. Pero lo más asqueroso es que algunas zorrillas "salden" sus encantos, que frecuentemente son más bien "desencantos".

Dolores temblaba.

Sus temblores eran injustificados porque el padre había decidido ignorar las pérfidas insinuaciones. El único defecto de Dolores era ser muy lista y encontrar pequeños trabajos bien pagados que exigían poquísimas horas de presencia. Sinecuras que le permitían ganar dinero rápidamente y sin dolor. Mientras que las otras perdían el tiempo con señoritos muertos de hambre y que no se casarían con ellas. Los tiempos eran duros y pocos se podían permitir un matrimonio por amor. ¡Todo eran apañijos! Y sus hijas no podían ser el apaño de nadie.

—Sólo salen con vosotras para pasar el rato, decía la madre.

—¿Y para qué creéis que salimos con ellos?, —preguntaba Ana para incordiar. De veras, no comprendo que os choque tanto que andemos con chicos. ¿No pretenderéis que vayamos por los rincones con viejos asquerosos?

—¿Qué ha dicho?, preguntaba el padre que había oído perfectamente, pero empezaba a temer a una hija que se le estaba subiendo a las barbas.

—He dicho, —repetía velicosamente Ana, que es normal y sano que andemos por los rincones con chavales de nuestra edad.

Cubriendo la voz de la hija, la madre aseguraba imperturbable:

—No ha dicho nada papá:

—Me pareció oir...

—Te equivocas, cortaba la madre, que también comenzaba a temer las escenas provocadas por Ana.

¡Uf! respiraba el padre aliviado. Habían evitado la bronca de milagro.

—Decía... insistía Ana.

—¿Te crees graciosa?, interrumpía la madre.

—Pues si os sorprendo con uno de esos lechuginos...

—Si son muy majos, y están buenísimos

—Demasiado jóvenes, —cortaba la madre.

—Sobre gustos y colores... ¿Qué piensas tú Dolores?

Dolores pensaba que habría aplastado con gusto a la hermana contra la pared, como a una chinche

—No es mala idea que le pidas consejo a Dolores. ¡De ejemplo debería serviros!

¡Y cómo no!

* * *

En el seno de la familia, la hija "lista" llevaba otro tren de vida que los suyos. Mientras que los padres y las hermanas luchaban por ocultar dignamente su pobreza, Dolores frecuentaba los salones de té de la ciudad, los cines más elegantes, pagaba costosas academias para preparar unas oposiciones que nunca ganaba y tenía un guardarropa lleno de vestidos de poco precio y escasa calidad, porque no tenía gusto y además el viejo tampoco tiraba el dinero por la ventana.

De poco le servía tanta ropa para camuflar su culo caído y sus piernas torcidas; no sabía vestirse y Ana reservaba sus acertados consejos para Esperanza.

* * *

El padre hablaba mucho de una igualdad que brillaba por su ausencia en la casa. Los dos pendones tenían la carne prieta, la piel satinada, curvas en abundancia y un cutis de melocotón. Sin embargo ella, nacida sietemesina y con pocos encantos, tenía la piel llena de estrías provocadas por las numerosas curas de adelgazamiento y el acné juvenil había sembrado su cara de cráteres que no inspiraban precisamente pasión. Dolores pensaba con amargura que el mundo estaba mal hecho.

Paradójicamente cuando encontró un marido con el que huir de aquel agujero y trepar en la sociedad, fue cuando la desigualdad se hizo más latente

A pesar de estar cegato, gracias a unas gafas de casi medio centímetro de grosor, el novio se encandilaba con las hermans, y, deslumbrado por las dos pécoras, se resignaba de mala gana a casarse con ''el tábano''.

Enferma de verse despreciada, multiplicaba acusaciones y calumnias, mientras que su novio, despechado y amargado, rejoneaba al futuro suegro. Entre los dos conseguían que el padre abofeteara a las culpables de despertar el deseo del cuñado y la envidia de la hermana.

A veces, *jesuitamente*, el novio que gozaba lo suyo viendo como el suegro pegaba a las futuras cuñadas, intervenía tibiamente y aseguraba que no había sido su intención que las cosas fueran tan lejos. Se permitía alguna reflexión por el bien de las chicas, que para él eran como hermanas y merecían encontrar maridos serios y con una buena cuenta en el banco. Si hubiese sabido que el ''tono'' de la conversación iba a ''subir'', habría callado su pena al ver como las cuñadas derrochaban un tiempo que también pasaba para ellas, y que, siguiendo el camino que llevaban, se iban a quedar más solas que la una.

—Si no las quisiese como a hermanas, me daría punto en boca.

—¿Cómo hermanas, so cerdo? preguntaba Esperanza.

—¡Lo juro! Mujer, algo incestuosamente... es normal, ¿no?

Esperanza injuriaba al hipócrita; Ana, más perversa, le recordaba con mucha suavidad que en España el matrimonio era indisoluble y tendría ''tábano'' para el resto de sus días.

—¡Ahí me duele!, decía el desgraciado en un arranque de sinceridad.

* * *

Esperanza se ha forjado curiosos recuerdos de sus padres.

¿El padre? Algo bruto... ¡Pero con tantas cualidades! Un autodidacta erudito... Un hombre sensible... ¡Y por encima de todo, un héroe! ¡Sí, sí! Según rumores... Le han dicho... Tal persona asegura... ¡Uno de los jefes de la guerrilla! Un "leader".

¿El padre un héroe?

—Le subestimamos. Parecía tan respetuoso con las autoridades y sin embargo era sólo una actitud fingida para no despertar sospechas.

Ana recuerda en silencio el día en que, de regreso al redil, al bajar del tren le habían detenido con el pretexto de que su autorización de viajar no estaba en regla. La misma autorización que más de veinte policías habían examinado sin encontrar nada reprochable.

Pero aquel día el policía del tren, un esmirriado con pinta de chulo, le había propuesto instalarse con él en un compartimento de primera y Ana había rechazado la oferta con desdén.

Ante la mirada hostil de los viajeros, campesinos y representantes de comercio, que no tenían nada que reprocharse, y que, acostumbrados a ver como los policías de la fiscalía de tasas y de la brigada social abusaban de las estraperlistas y de las menores en fuga, se regocijaban del desplante que la chica hacía al "poli", este se batió en retirada jurando vengarse de la impertinente.

Apenas se bajó del tren y habiéndose ya dispersado sus compañeros de viaje, el policía la interpeló groseramente y la obligó a seguirle hasta la comisaría de la estación. Allí, consignada como una maleta, tuvo que esperar hasta que la padre vino a buscarla.

Inútil intentar hacer comprender al comisario, llegado con los ojos pegados por el sueño y con un humor de mil demonios, que no estaba en fuga y que la autorización, que el comisario no quiso mirar, estaba en regla.

La retuvieron hasta que vino el padre, 24 horas más tarde, para que comprendiese, que sin sus padres, no era nadie.

Al fin llegó su padre y, con la boina respetuosamente entre las manos, se quedó plantado servil y silencioso ante un comisario, que seguía de mal humor aquella mañana también. Debía ser un hábito.

Por un instante Ana espera encontrar un aliado, pero el padre escucha respetuosamente al policía quejarse de los malos modales de la detenida, y se excusa humildemente por la falta de educación de la hija.

—Un verdadera harpía, señor comiario. Nos lleva por la calle de la amargura.

Luego, recuperando toda su agresividad, ordena a la insolente que presente sus excusas al señor comisario.

—¿Excusas?

El padre no la abofeteó allí mismo porque, repentinamente conciliador, el policía salió en defensa de la chica, —"que tiene mal genio pero es muy bonita". De lo contrario el mismo habría abofeteado a aquella fiera que estaba pidiendo a voces ser domada. —"Ya se sabe que, a cierta edad, las chicas se ponen caprichosas y rebeldes. Se le pasará cuando encuentre novio".

Los dos machos parecían simpatizar verdaderamente, sin franquear por ello la distancia social que les separaba; el padre seguía plantado sin saber sobre qué pie bailar y lleno de gratitud hacia un policía tan llano y tan comprensivo. Si el policía le hubiera lanzado un terrón de azúcar, el padre habría movido la cola de gratitud.

¡Asquerosa fraternidad!

Jamás pudo perdonar tanta cobardía y deslealtad.

* * *

Ya adultas, la madre hacía lo imposible para convertirse en cómplice de sus hijas. —¿Para qué contar todo a vuestro padre? No hay que decirle el precio de las cosas. ¿De qué sirve contrariarlo abiertamente? Lo único que conseguís es que se cabree. ¿Para qué pedirle permiso para ir a bailar? No os lo dará. Salid y si volvéis un poco tarde yo me encargaré de que vuestro padre se acueste y no se entere. Os esperaré levantada.

Rehusó la complicidad de una madre que planchaba con amor las blusas de Dolores (Ana se negaba ya a hacer nada por la hermana mayor) abiertas por delante y tan fáciles de ser desabrochadas en la oscuridad de los cines a los que iba con el viejo. Cada uno entraba por su lado; se sentaban en la última fila y se iban también cada uno por su lado antes de que acabase la película.

Una madre que calentaba agua para que la hija mayor se lavase bien, los días que salía con su "novio", sobre todo el culo.

Sin el "novio", Dolores nunca se habría lavado.

En la casa sólo se lavaban del todo el padre y Ana, y —"uno de estos días cogerán una pulmonía" sobre todo Ana, que se lavoteaba incluso hasta cuando tenía la regla. Aunque era difícil saber con certeza cuando la tenía, porque ni eso compartía con la madre y hermanas.

¡Dios! cómo odiaba a la madre cuando ésta intentaba sonsacarle cosas íntimas. ¡Cómo la aborrecía cuando la oía reírse bajo capa del marido!

—"¡Si papá". "Naturalmente padrecito". "Como quieras padrecito"; pero mientras en el comedor, el padre, que acabó tomándose en serio su papel de defensor de la honra de las hijas, vociferaba, en la cocina la madre decía:

—Los perros ladrán, la caravana pasa. ¡Y perro que ladra no muerde!

En efecto, aquel perro no mordería más, porque la dulce esposa había limado los dientes del marido irascible. De la misma manera que muchos años después las dos hermanas, con el pretexto de no soportar ningún anticonceptivo obligararían a sus respectivos maridos a hacerse la vasectomía. Al borde de la menopausia, les pareció justo que los maridos, diez años más jóvenes que ellas y demasiado atractivos, fuesen también estériles. Pensando en el fondo de ellas, muy en el fondo, que podrían abandonarlas, pero ya no tendrían más hijos .

Aquellas sumisas mujeres eran para Ana peor que arenas movedizas cuidadosamente disimuladas por una frondosa vegetación. Diríase que su vida transcurría en espera de venganza. Toda una vida tejiendo pacientemente una tela de araña en la que, tarde o temprano, caería el enemigo. ¿Quiénes eran los imbéciles que osaban afirmar que la guerra de los sexos era obra de las feministas?

Y porque quería conservar todas sus garras, todos sus dientes y no ser castrada como el padre, huyó de una madre que veía la suciedad por todas partes, aunque, paradójicamente creyera que bastaba con que Dolores se lavase el culo para que estuviese limpia.

No pudiendo limpiar el mundo de tanta "guarrería" (cuando la madre hablaba de "guarrería" se refería siempre a las relaciones carnales entre hombre y mujer, por vicio, es decir, materialmente desinteresadas) declaró la guerra sin cuartel al polvo y a otras porquerías concretas.

Había que fregar el suelo dos veces al día. Y escobazo por aquí, plumerazo por allá. ¡Friega que te friega! ¡Qué brille la casa!

La madre eligió a Ana para luchar contra la suciedad, igual que obligaba al marido a oprimir a las hijas.

Pero dos limpiezas cotidianas no eran suficientes. Los sábados había que fregar las puertas, sacudir las paredes, hacer retoques de pintura, lavar mantas, cortinas, fundas... La madre, que sólo sabía dar órdenes, era infatigable. Tampoco le parecía bastante para luchar contra los malos pensamientos dejar sábanas y mantas airearse en el balcón hasta el atardecer, (las habitaciones parecían hospitales robados) sino que, con las camas hechas, prohibía entrar en aquellos templos del pecado antes de la hora de dormir. ¡Desgraciada la hija que se sentase en una cama!

Las habitaciones eran sólo para dormir por la noche, o, en verano, echarse la siesta, aunque el color agobiante y la falta de sueño originasen ideas turbadoras.

Para los padres la siesta era un rito.

Tanto trajín tenía sin cuidado a Dolores y a Esperanza. Mientras Ana trasteaba, ellas cotilleban con la madre quien, hacia las dos de la tarde, se quejaba de que el tiempo volaba, — ("Dios , se me ha ido el santo al cielo")—, se acordaba de que no había nada para comer y enviaba a Ana de compras, porque las otras mujeres de la casa no habían tenido tiempo para lavarse y peinarse.

Los sábados el padre salía temprano de casa para ir a un

manantial lejano a buscar un agua casi milagrosa que curaba todas las enfermedades. ¡él, que no creía en los milagros!

Las hermanas también desertaban de la casa, para no molestar.

Y la madre aseguraba que más valía así, eran tan trastos que sólo "pueden ayudarnos a caer".

"Ayudarnos", era también una manera de hablar de la madre, cuyo trabajo consistía en supervisar el trabajo de Ana y: —"No podrías frotar un poco más esto?". "¿Esto no podría brillar más". ¿Por qué no pasas otra vez un trapito por los mosaicos de la cocina?

Durante años se dejó ablandar por el pueril deseo de la madre de ver todo relucir y se enternecía también cuando la veía afligida porque el vapor había empañado los ladrillos de la cocina o el agua hervida había enegrecido sus cacerolas...

¡Llegó un día en que no pudo soportar tanta pulcritud!

Pero la locura de la madre parecía general y en todas las casas de los alrededores se pasaban el día frota que frota, o cotillea que cotillea.

¡Y contagiosa! Necesitó mucho tiempo para curarse completamente de ella.

Muchos años después de haberse ido de casa se levantaba por la noche para reparar algún olvido doméstico. En la oscuridad, para no despartar al cónyuge, con los brazos tendidos, como una sonámbula, para no romperse la crisma. Incluso a veces, durante el coito, se crispaba pensando en el desorden que reinaba en la habitación. Felizmente, con mucha tenacidad, consiguió escapar de aquella esclavitud.

Sin embargo, Esperanza, el chico fallido de la casa, que era incapaz de barrer, de coser un botón, o de lavarse las bragas, y resistió durante años al virus, acabó contrayendo la enfermedad de la que nunca pudo sanar.

* * *

Esperanza repite monótona:
—No quería que supiésemos que apenas veía y cerca de la

ventana, pensando no ser vista, se obstinaba en enhebrar una aguja. ¡La pobre! Era tan enternecedor verla mirar por encima de las gafas con las que ya no veía. La recuerdo por la mañana enjuagando su dentadura postiza, con el poco pelo que la quedaba alborotado, minúscula, fráguil, con los hombros caídos y el rictos amargo de la boca... Cuando se sentía observada se enderezaba sonriente, para no apenarme... ¡Y ha muerto sola como un perro! O casi. ¿Cuáles fueron sus últimos pensamientos ante la muerte? ¡Qué injusta es la suerte de los viejos!

Ana, que está segura de morir sola, sin ninguna Anita cerca de ella que chochee para reconfortarla, daría algo por que la hermana se calle.

—Como no veía cogió una interina, una guarra que no daba golpe. ¿Has visto en que estado está la casa? Por suerte, mamá no se daba cuenta y la mujer era sucia pero simpática. Perdóname un instante, voy a lavarme las manos.

Esperanza se aleja y Ana se da cuenta, súbitamente de que la hermana no cesa de lavarse las manos.

* * *

Esperanza vuelve aliviada, y continúa su letanía.

—¡Era tan dulce, tan comprensiva con todos!

Los recuerdos que Ana conserva de los días pasados con la muerte tête-á-tête no despiertan en ella ninguna ternura. Desgraciadamente.

¡Cuántos esfuertos tuvo que hacer, a diario, para no mostrarse irritada y para dominar el malestar que la invadía cuando la madre miraba con maldad a las jóvenes que cruzaban por la calle.

—Esas son putas, —murmuraba feroz.

Ana se hacía la sorda.

—Te digo que son putas, repetía con rencor.

Ana continuaba haciéndose la sorda.

Hasta que caía en la trampa. Como aquella tarde en que, sentadas en la terraza de un café, cometió la imprudencia de preguntar:

—En fin mamá, ¿por qué dices que son putas?

—¿Es que no se ve?

—¡No, no se veía en nada!

—¿Qué harían en la terraza de un café si no lo fuesen?

—Lo que nosotras. Beber un refresco y tomar el sol.

Profundamente ofendida, la madre se sumió en un silencio hostil. Ana había, una vez más había, cometido delito de lesa madre.

Las lágrimas anegaban los ojos de la anciana maltratada y Ana no sabía cómo hacer pasar la bola que se había formado en su garganta y controlar el temblor de sus labios.

Y, naturalmene, las dos estaban seguras de tener razón. Era la otra la que se las arreglaba para que la paz entre ellas fuese imposible.

En el fondo, las dos sabían de que iba la cosa y que el desacuerdo de aquella tarde tenía raíces profundas.

Las caras limpias, tersas y relucientes de las muchachas y sus vestidos impecablemente planchados que olían a limpio, el oir sus risas despreocupadas y verlas respirar a pleno pulmón, habían sumido a madre e hija en el pasado.

Ana, que nunca había sido realmente despreocupada y sus alegrías fugaces fueron siempre una fachada, un desafío se sentía indulgente y también algo envidiosa. "Juventud divino tesoro".

La madre captó la fugaz melancolía de la hija y sintió el imperioso deseo de destruir la despreocupación y la insolencia de las chicas sentadas en la mesa vecina. Y aún más, de destruir la insolencia y la despreocupación de todas las desvergonzadas sentadas en las terrazas soleadas del mundo entero.

Guardaron silencio. La vieja estaba decidida a no abrir la boca hasta que la hija no pidera perdón. La joven resuelta a hacer como si ingnorara haber herido la susceptibilidad de la madre.

¡Diez días infernales! Durante los cuales Ana se repetía continuamente que debía de conservar la calma, dijése lo que dijese la madre. Para evitar conversaciones espinosas, se callaba obstinadamente, pero la madre la reprochaba su silencio. Como antaño.

Con la madre se volvía siempre, irremediablemente, a "antaño".

Al final, para evitar altercados, decidió arrastrarla de cine en cine, de cafetería en salón de té.

¡Cuántas películas malas y mal dobladas vieron en sólo diez días! ¡Cuántos pasteles mediocres, hechos con sebo y con margarina, y que se pegaban en el paladar, tuvo que tragarse! "Mientras tenga la boca llena, pensaba Ana feroz, no podrá ni elogiar a Dolores, ni hacerme reproches".

Se equivocaba. En la oscuridad del cine la madre volvía a la carga.

—"En los cines de mi barrio dan dos películas por mucho menos dinero" Y entre bocado y bocado le reprochaba ser una derrochona. —"Hubiésemos podido merendar en casa, nos habría salido más barato. En el ultramarinos de la esquina venden polvorones a doscientas pesetas el kilo. ¡No te digo los polvorones que entran en un kilo! ¡Qué despilfarro, hija! Es como pagar un hotel, pudiendo dormir en mi cama. O improvisar una cama en el salón!".

¿Qué cara habría puesto la madre si le hubiese confesado que la habitación del hotel era un refugio donde olvidar las malas horas pasadas juntas? Sin la tregua de cada noche no habría resistido ni dos días cerca de la madre. Sin olvidar que, pretextando estar cansada, se deshacía tempranito de ella para vagabundear por las animadas calles.

Pero antes de dormirse, roída por los remordimientos, escribía cien veces —"mañana seré más tolerante y afectuosa con mi madre".

ban abajo sus buenos propósitos.

—Tus hermanas se casaron como Dios manda, con la bendición y asistencia de sus padres.

Aunque Dolores se fugó estando aún casada con "el bilioso", con "un novio" del que estaba preñada.

—¡Y por la Iglesia! Aquí eso cuenta. Y donde quiera que fueres haz lo que vieres. ¡Pero tu siempre a tu aire! Si contar con nadie. ¡A miles de kilómetros! ¡Fuiste la comidilla de todo el mundo!

¿Quién era todo el mundo? ¿Los nuevos vecinos de los padres, que tenían casi la misma categoría social que las gentes del "Patio"?

—Ni siquiera pudimos enseñar una foto tuya con el traje de novia, porque te casaste de tapadillo, hasta sin fotógrafo. Y, para colmo de vergüenzas, con dos testigos profesionales, dos vagabundos que merodeaban por el juzgado acechando la ocasión de ganarse algunos chelines.

La única que estaba al corriente de este detalle era Esperanza. ¡La muy traidora!

Por esas y otras muchas razones los padres no le regalaron ni un paño de cocina.

—¡Te estuvo bien empleado!

"¿Qué habría hecho yo con sus horribles paños de cocina?" piensa Ana que recuerda el ajuar de Dolores. ¡Qué miseria! ¡Qué fealdad!

—¡Tú pasas de todo! Todo te tiene sin cuidado. Incluso haber matado a tu padre con aquella carta desvergonzada en la que nos anunciabais la boda, sin invitarnos a ella. El pobre sufrió una embolia.

Según Dolores y la madre, el padre tuvo más de diez embolias a causa de Ana.

¿Pones en duda mi palabra? ¿Osarías decir que tu madre miente? ¡Pues sí, hija, ya puedes estar orgullosa de tí! Apenas leyó tu carta se quedó callado, palideció y se llevó la mano al pecho.

Pero el ataque le dio durante la noche.

Las hermanas y el cuñado, venidos a pasar las Navidades, se enteraron al día siguiente ya que la madre no quiso despertarlos. ¿Para que alarmarlos? Y sobre todo, ¿para qué asustar al padre que no se daba cuenta de la gravedad de su estado?

* * *

Esperanza recuerda aquella cruel carta y el malestar que provocó en la casa. Es verdad que al padre le afectó mucho... Pero, ¿sufrió verdaderamente una embolia? Quizás fue sólo una mala digestión, o fueron los remordimientos los que le impidieron dormir. Porque con el tiempo se iba dando cuenta de que había sido injusto con la ausente y la carta, venida de un país lejano, le hizo comprender que la iba a perder irremediablemente, ¿O tal vez fueron los celos de aquel desconocido al que la hija, pese a todos sus juramentos de no casarse, confiaba su destino?

Sentadas frente a frente, las hermanas se callan pero de poco les sirve, porque leen los pensamientos la una de la otra. Hasta que al fin llega la noche y se despiden tristes, a pesar de todo, de tener que separarse.

* * *

Ana es feliz de encontrarse de nuevo a solas con su gato, que diríase que respira mejor y obedece de buen grado. Come, hace "pis", se deja limpiar los ojos, toma sus antibióticos, pasa cariñosamente las patas por la cara de Ana y vuelve a dormirse plácidamente.

—Pronto estaremos en casa y los mejores especialistas se ocuparán de tí. Sé valiente gato, aférrate a la vida.

El gato ronronea y se agarra a la vida desesperadamente.

* * *

Aquella mañana una sorpresa desagradable les aguardaba en el banco. Dolores pasó por allí el día anterior justo en el momento de abrir. Primero para ingresar un cheque e informarse del estado de la cuenta de la madre y Esperanza; luego volvería para vaciarla. En fín, no dejó más que unas trescientas pesetas.

—¡Es imposible!, —dice Esperanza y muy segura de sí misma exige que le enseñen los cheques pagados el día anterior.

La empleada se aleja, algo molesta, desaparece en las entrañas del banco e instantes después vuelve arboreando triunfante los cheques nominales. Sobre uno de ellos, la firma de la madre ha sido tan torpemente imitada que es difícil comprender cómo el banco no se ha dado cuenta de la falsificación.

Obstinada, Esperanza asegura que la madre no ha podido

firmar el cheque, fechado el día precedente (la inteligencia de Dolores no da mucho de sí), cada vez más ofendida, pregunta la empleada que ¿por qué la madre no habría podido firmarlo?

—¡Es imposible!, repite Esperanza, al borde de las lágrimas.

Uno de los responsables se acerca solícito.

¿Algo no le parece estar en regla, señora?

—Es decir...

—No, no, todo está bien, —interviene Ana, que coge por un brazo a su hermana y se la lleva a la calle.

¡Hacerme esto a mí! Nunca pensé que pudiera llegar tan lejos.

Esperanza llora, no por el dinero perdido. Asqueada, Ana se calla

* * *

Pronto tirarán cada una por un lado. Tal vez nunca volverán a verse. El mundo es pequeño. El mundo es inmenso. Ningún otro telegrama les reunirá.

Ya sólo les queda el tiempo justo para recorrer por última vez las sucias calles de la ciudad, y rumiar recuerdos, desacuerdos y desavenencias.

* * *

"Padre muy grave, ven rápidamente".

Ana olvidó que se había jurado no volver a poner los pies jamás en casa de los suyos y acudió a la llamada encontrándose al padre como una rosa.

—Fue la alegría de verte, dice Esperanza. Acuérdate de que casi lloró.

Pero, pasada la primer emoción, encontró inadmisible que la hija pródiga no trajese dinero para la granja modelo.

Tras Ana, otras chicas se habían ido al extranjero y ya habían enviado dinero a la familia para comprar un piso a plazos. ¡Pobres desgraciadas, sin saber apenas leer y escribir, y además feas! El padre daba por sentado que su Ana, tan inteligente y con tan buena facha, debería ser ya rica. ¡Riquísima!

Con los años, la soñada granja modelo se había convertido en un palacio y el futuro "gentleman-farmer" se preguntaba angustiado si el trigo sería lo bastante bueno para sus gallinas. Pero, mira por donde, la muy egoísta decía haberse casado con un pobre estudiante y volvía con las manos vacías.

Encajó mál la decepción y despotricó lo suyo contra la que venía a comer la sopa boba y sólo traía en el bolsillo su billete de regreso.

Dolores, que no perdía ocasión de incordiar, se precipitó a contar a la interesada los amargos comentarios del padre, y dándose cuenta de que, excepcionalmente, la hermana no mentía, Ana quiso irse aquel mismo día.

Pero la madre intervino, suplicó, lloró y Ana accedió a sus ruegos. Sin embargo, el deseo de la madre de reconciliar al padre y a la hija no alcanzaba a desmentir las críticas del marido.

—Está un poco amargado porque, ahora que somos viejos, nos abandonáis.

En efecto, el padre se quejaba, siempre que la ocasión se le presentaba, del abandono de sus hijas, ahora que era viejo.

¿Cuándo hubieran podido abandonarlo, si cuando era joven las había retenido a la fuerza? Además todavía no tenía sesenta años.

* * *

Los días pasaban y los médicos no se ponían de acuerdo. ¿Operarían para Pascua o para la Trinidad? ¿Y de qué operarían? Eran incapaces de dar un diagnóstico.

El padre, que seguía como siempre, unas veces amable y sonriente y otras brusco y seco, hacía una vida normal.

Por lo demás, nada había cambiado, salvo que el padre había comprado un piso en una barriada barata cerca del puerto.

Ropa tendida por todas partes, niños que berreaban en el patio interior, mujeres que discutían y se insultaban de balcón a balcón, borrachos que se tambaleaban por las escaleras, radios funcionando a toda potencia hasta las tantas de la noche y calles sin asfaltar convertidas en barrizales.

Incluso Esperanza había moderado sus pretensiones y los dos señoritos, que nunca se habrían casado con ella, habían sido reemplazados por dos albañiles hermanos, que tampoco se casarían con ella, porque para casarse buscarían "un apaño" del agrado de la madre. Los albañiles eran también mucho más jóvenes que Esperanza, que se había puesto talludita y jamona y ahora sí que era casi seguro que se quedaría para vestir santos.

De la porcelana de Limoges al arcopal, pasando por las viviendas baratas que rezumaban humedad y que perdían el enlucido a una velocidad vertiginosa, la familia se revolcaba en la mediocridad con indudable placer. Tal vez para olvidar que el padre procedía de la alta burguesíaz y que la madre hubiera sido marquesa de haber sido la primogénita.

El cuñado, que también acudió a la llamada y continuaba enamorado de Esperanza, seguía igual de borde y aún más envidioso de la cuñada, según él condenada a acabar sus días en un burdel de Oriente Medio y a la que ahora llamaba "la princesa en el exilio".

"La princesa en el exilio" se vengaba del retorcido cuñado recordándole continuamente que el matrimonio seguía siendo indisoluble.

El golpe no caía en el vacío.. El cuñado bilioso guardaba algunos instantes de silencio antes de lanzarse al ataque y rejonear cruelmente al suegro para indisponerlo contra las dos "pelanduscas". Y el padre, al que la enfermedad no había curado ni de su ingenuidad, ni de su brutalidad, se tiraba al ruedo como un toro y cegado por la ira, se liaba a bofetadas con Esperanza.

Hasta osó levantar la mano sobre "la princesa en el exilio".

—Si me rozas me largo y puedes considerarme como muerta, amenazó Ana lívida de cólera.

La cosa iba en serio.

La madre se interpuso precipitadamente entre el padre y la hija y recibió una sonora bofetada.

Una vez más, Esperanza llamó hijo de puta al cuñado, Dolores aseguró que Ana había merecido la bofetada y el padre, aterrado por lo ocurrido y perdiendo toda lógica, se revolvió contra la mujer.

—¿Quién te ha mandado meterte en camisa de once varas? ¡Eres una auténtica gilipollas!

Cuando se le pasó el susto, con la voz preñada de lágrimas, pidió humildemente perdón a la esposa.

Entre tanto, aprovechando la confusión, Ana se había encerrado en la habitación que compartía con Esperanza para hacer su maleta.

Los ruegos de la madre y de Esperanza consiguieron que renunciase a irse aquel día. Al día siguiente volvieron a suplicarle que esperase el resultado de los análisis.

Al otro día, la rogaron que esperara a ver qué daban las últimas radiografías.

Dos días más tarde insistieron para que tuviera paciencia hasta que los médicos dieran su diagnóstico.

Los días pasaban. La casa de los padres era un infierno.

Noche tras noche, soñaba haber perdido su pasaporte y el billete de vuelta y no conocer a nadie en el extranjero a quien lanzar un S.O.S.

Otras veces soñaba que en el momento de cruzar la frontera le hacían bajarse del tren y le quitaban el pasaporte; el padre venía a buscarla a la comisaría de la estación, la miraba con reprobación y se la llevaba a casa esposada.

Y cada vez que hablaba de marcharse, la madre hacía como si no la oyera. Y todos se comportaban como si jamás se hubiera ido de casa y como si no tuviera su vida hecha a miles de kilómetros.

La madre continuaba enviando "a la cama" a las pequeñas a las once y Esperanza y Ana obedecían, aunque no tuvieran sueño y, para evitar las discusiones envenenadas deslizábanse entre las empapadas sábanas.

Cada día la madre ponía todo patas arriba para que Ana pudiera limpiar la casa a fondo, y, por la tarde, sacaba cestos llenos de ropa para zurcir, porque con la mudanza y la enfermedad del padre, el trabajo de la casa estaba muy atrasado y Dolores y Esperanza continuaban sin saber hacer nada.

Como antaño, el padre exigía que todo el mundo estuviese en casa a la hora de las comidas y no toleraba un minuto de retraso.

Cuando Ana quería irse sola a la ciudad, el padre fruncía el ceño y la madre le rogaba que se llevara a Esperanza, que se aburría en casa. ¿Y por qué no iban al cine con los dos albañiles?

La madre se quejaba menos, pero el sermón era el mismo.

El padre enfermo y arrepentido (decían), seguía igual de injusto y de bestia.

Dolores igual de liosa, aprovechada y retorcida.

El cuñado, que apenas bebía porque la mujer administraba el presupuesto de la casa y sólo le daba cinco duros de vez en cuando, más cien pesetas "se planta". (¡Y te guardarás de cambiar el billete!), sólo se metía con Dolores en algunos momentos de desesperada rebelión. Por lo demás la seguía como un cordero. Cuando la esposa decía, "a la cama"', iba hacia la habitación conyugal, igual que las reses van al matadero; pero iba.

Tuvo que coger al toro por los cuernos y anunciar que se iba aquella misma noche.

Un dinosaurio entrando de repente en el pequeño cuarto de estar no habría causado mayor estupor.

—¿Así? ¿De repente? ¿Sin más?

Los pálidos ojos de la madre se posaron sobre Ana cargados de reproches.

Esta hija era el baúl de las sorpresas. Desdichadamente sus sorpresas eran criminales.

—Pues no seré yo quien se lo diga a tu padre. ¡No te atreverás a matarlo a sangre fría!

Hubiese preferido que la madre fuera quien diese la mala noticia al padre; con tiento, presentando las cosas como lo hacía cuando le interesaba hacer pasar al marido por el aro...

Con paso firme va a la habitación del padre y sin preámbulos le anuncia su marcha. A bocajarro, para acabar antes.

Algo en la mirada del padre, algo que jamás ha visto antes, le hace esperar fugazmente que va a manifestar un poco de pena... Pero el padre se limita a aprobar con la cabeza y Ana se alegra de tanta sequedad. Si se hubiese mostrado cariñoso, entristecido o, ¿por qué no?, arrepentido, si hubiese dado un paso... Paso a paso... ¿No ha recorrido ella miles kilómetros para verlo?

Cuando al fin el padre abre la boca es para pedir secamente que le deje dormir. La hora de la reconciliación no ha sonado.

Pretextando un poco de cansancio, aquella tarde el padre no salió de su habitación, prohibiendo la entrada a todos menos a su mujer.

La tarde avanzaba, el padre inaccesible continuaba encerrado en su cuarto. El tren partía a las diez.

Con el corazón atormentado Ana fue a despedirse, esperando que, tal vez en el último momento, al padre se le escaparía alguna palabra afectuosa.

Le besó en la rasposa mejilla y el padre no la devolvió el beso.

Murmuró un apenas audible "hasta pronto" y el padre no abrió la boca.

Se alejó descorazonada de la cama y al llegar a la puerta, cosa insólita en ella, volvió a él y se echó en sus brazos; él la rechazo con firmeza y le aconsejó que se diese prisa, no fuese a perder el tren.

Permaneció aún unos instantes cerca de la cama esperando un milagro que no llegaba.

Los ojos del padre brillaban en la oscuridad ya que había prohibido que encendiese su lámpara y la habitación estaba iluminada sólo por la luz que llegaba del pasillo. ¿Eran las lágrimas las que hacían brillar tanto sus ojos? Una sola palabra y retrasaba su marcha.

El padre le volvió la espalda en silencio, como si Ana ya no exitiera para él. ¿Sabía que iba a morir?

Jamás volvieron a verse.

* * *

Una hora después de que Ana dejase la casa el padre sufrió una embolia que le costó la vida... Esa era la versión de la familia. Ana recorría el mundo sembrándolo de cadáveres.

De hecho murió tres meses más tarde de un cáncer generalizado.

* * *

Las dos cartas llegaron juntas. En la primera, el cuñado le pide perdón (¿qué mosca le ha picado?), le asegura que el padre está bien y le aconseja no tomar en serio las noticias alarmistas de la familia, que no sabe qué inventar para hacerla volverver al redil. En la segunda, Esperanza le comunica que el padre ha sido enterrado dos días antes.

* * *

Hoy Esperanza asegura que aquella noche el padre lloró. ¡Era tan orgulloso! Y son los hijos los que deben humillarse. Pero esta hija asesina ya se había humillado demasiado

* * *

¡Cómo vuela el tiempo!
Ninguna de las dos sabe si se sentirá aliviada o triste cuando se separen.
Tal vez ambas cosas

* * *

Esperanza no ha perdido la esperanza de reconciliar a sus dos hermanas.
Ella misma está dispuesta a perdonar a Dolores, a condición de que le devuelva el dinero estafado y de que no vuelva a las andadas.
—¿Y si no te lo devuelve?, pregunta burlonamente Ana.
—¡Me lo devolverá!
—Yo en tu lugar no me haría muchas ilusiones. Dolores no dará señales de vida hasta que necesite algo de tí. Cuando vuel-

vas a verla será para estafarte de nuevo, con cualquier pretexto.

—¡Nunca más me dejaré engañar!

—Llamará a tu puerta, te asegurará padecer una enfermedad incurable y mortal: Te dirá haber venido para abrazare por última vez, o para darte una explicación antes de morir. "¿El cheque? ¿o el cheque?". O tal vez te contará que unos bandidos cogieron como rehenes a sus hijos y la obigaron a falsificar la firma. Aunque no está excluido que el cheque se perdiese y alguien que se le parecía mucho lo encontrase y fuese a cobrarlo.

Desde pequeña atrajo las desgracias. Siempre fue victima de tantas aventuras, de tantos complots. La policía venía a registrar la casa cuando ella estaba sola, se llevaba algunos libros raros del padre o el dinero que la madre escondía debajo de su colchón. Luego era el turno de los ladrones, que entraban por la chimenea y arramblaban lo que los "polis" habían dejado.

Las malas lenguas ponían en duda sus rocambolescas aventuras.

—Por envidia, —decía la madre. Dolores es demasiado lista.

La administradora, la relaciones públicas del marido, la secretaria... Según Esperanza las cartas escritas por la "public relations" del cuñado provocan la huida de clientes eventuales y en cuanto se instalan en un nuevo barrio, Dolores ya es célebre por sus enredos.

Por todas partes por donde Esperanza pasó tras ella, la hermana era "la Dolores" y los colegas del marido que visitaban al matrimonio por primera vez la tomaban por la criada. Hasta los representantes insistían para que Dolóres les dejara hablar con la señora. Incluso como "chacha" tenía mala pinta.

—En todo caso nunca habría cogido una criada con su aspecto, —dijo una vez Ana a Esperanza.

Esperanza lo repitió a la madre y esta no perdonó el comentario.

—Es que la "princesa en el exilio" emplea más bien a meninas. Tu hermana sigue siendo igual de fútil. ¡Todo en ella es humo! Me pregunto para qué demonios pagan más a una criada sólo porque tenga "estilo". Eso no garantiza un trabajo mejor hecho.

Al contrario, la madre no se imaginaba a una de aquellas "pin-ups" fregando platos con sus delicadas manos.

—Pero mamá, repetía Ana una y cien veces, nadie friega ya los platos. Para eso están las máquinas en las que se puede meter hasta la cristalería; aunque en mi casa se lava a mano y precisamente por eso necesito gente cuidadosa y hábil. Los detergentes ya no estropean las manos. No es cómo antes que utilizábamos sosa para fregar la vajilla y periódicos para limpiar los cristales.

La alusión es torpe. La madre frunce el entrecejo.

—¿Quieres decir que eran peores tiempos?, pregunta ácidamente.

—Para mí, en todo caso, —responde picada Ana.

—¡Pero desgraciada, nadie envidia tu suerte!

—No he dicho eso.

—Casi. ¡Pues hija, por nada del mundo quisiera vivir como tú! En ese caserío tan grande como un cuartel. Sólo de subir y bajar escaleras debes quedar reventada y con tanta criada yo me sentiría extranjera en mi propia casa.

Le quema en la lengua contestar a la madre que ya se sentía extranjera en casa de unos padres que la recordaban contínuamente que "ellos" estaban en su casa. Que todo les pertenecía; incluso la ropa de la hija, y que en cualquier momento podían quitársela.

—¡Tantas complicaciones y refinamientos ridículos! ¡Eso no es vivir, hija!

Tal vez fuese el refinamiento lo que ahuyentara a la madre cuando visitaba a Ana entre avión y tren, tren y barco, de paso hacia el hogar de sus otras hijas. Además, ninguno de los maridos de Ana visitó a la suegra y —"el que a mi casa no viene de la suya me echa". Pero no se quedaba más tiempo en casa de Ana porque le daba pena sobre todo ver lo mal que vivía la pobre.

Ana hervía de cólera al constatar que la madre, que se enorgullecía de los triunfos de las hermanas, se apenaba porque su hija pequeña había tenido la desgracia de casarse con un hombre rico.

* * *

—Lo que más hizo sufrir a mamá fue tu independencia. Nunca le diste la impresión de necesitarla. No le diste tiempo para enseñarte ni a hablar, ni a vestirte, ni a comer, ni a leer. Aprendiste todo sola. Ni siquiera le diste la satisfacción de poder cuidarte; ¡nunca estuviste enferma! Parecía como si no quisieras deberle nada.

Algo de eso hubo. Pero las cosas eran más complejas.

La madre no tenía tiempo para ella. Las hermanas lloraban, reñían, se ponían enfermas, la acaparaban. Cuando no eran las hermanas era el padre, o los camaradas del padre, o los hijos de las vecinas. Si hubiese esperado a que la madre le enseñara algo, ahora sería una inútil. Estando siempre tan ocupada, la madre habría debido sentirse aliviada de tener una hija que no la necesitara.

—¡No sabes lo que dices —¡Cómo se ve que no tienes hijos! Una madre no puede sentirse aliviada porque sus hijas no la necesiten. Si sólo tenías doce años cuando ya no permitías que te planchara un vestido, porque hacías ya todo mejor que ella. ¡Lo que sufría la pobre!

Fue la madre la que en cuanto Ana cumplió seis años, le pedía que pusiese la mesa, hiciese la vainica, bordade, limpiase las lentejas...

—No pensaba que ibas a superarla.

Bueno, es verdad que Ana quiso siempre sobresalir en todo para dar gusto a la madre. Creía. Mea culpa.

Sin embargo, si Ana hubiese tenido hijas habría sido feliz viéndolas desenvolverse solas. ¿Qué más podía pedir una madre?

—Eso es lo que se dice... ¡Me moriría de celos y de envidia si una de mis hijas me superase!

¡Como la madre!

Tal vez sea el miedo a reproducir el esquema familiar lo que ha impedido a Ana crear una familia.

—Dí más bien que eres demasiado egoísta para consagrarte a alquien, dice Esperanza poniendo el mismo rencor en la frase que hubiese puesto la madre.

161

—Puede ser...

Pero temía sobre todo ser el centro del universo de alguien. ¡Qué angustia le daba pensar que otro ser dependiera enteramente de ella! No tiene perros porque no soporta la dependencia de estos animales. Pero siempre tuvo gatos a los que adoptaba sólo por la mala reputación de animal egoísta e indiferente que tienen, aunque en realidad erraban siempre detrás de ellos como perros falderos. Lo del misterio y el maleficio era también una calumnia. Pero al menos sabían jugar solos y soportaban sus ausencias.

Pensando en gatos, ¿qué hace en estos momentos su bebé?

¡Qué tarde se nos ha hecho! Tengo que volver rápidamente al hotel para telefonear a mi marido. ¡Ven, corre!

Esperanza la sigue dócilmente. A Dios gracias están en el corazón de la ciudad y las distancias son pequeñas; es la cuarta vez que Ana se la lleva casi a rastras al hotel.

* * *

El gato se despierta, ronrenea, come con apetito, hace "sus cosas" en la caja, lame tiernamente el cuello de Ana y se duerme envuelto en el jersey de angora.

Entre tanto Esperanza vuelve a lavarse las manos que siente pegajosas.

—Ana baja de la habitación, dice tener un hambre de lobo y encarga algo para comer y apenas prueba la comida hace una mueca de desagrado y empuja el plato sugiriendo que vayan a comer a otro sitio.

Esperanza la sigue lamentando aquellos exquisitos manjares que Ana tendrá que pagar. ¡Qué derroche!

La escena se repite dos veces más Ana, que no encuentra nada a su gusto, renuncia a comer y distraídamente remueve con el tenedor el contenido de su plato, como cuando era niña. ¡Había que ver las vueltas que daba a la comida antes de decidirse a no comérsela!

—Creo comprender lo que sentías cuando asegurabas sentirte una extraña en el hogar de nuestros padres. Yo me siento extraña en mi propia casa. Perdida en medio de los míos.

El marido la quiere, ella quiere al marido... pero... Pero no deja de ser un extranjero. Sus hijas... son tan raras, tan extrañas... No se le parecen en nada. ¡Y tan descastadas!

—La menor es un poco menos egoísta, pero se deja llevar por la otra y hacen frente común contra mí. La mayor sobre todo es odiosa. Me trata con un desprecio, que apenas disimula y sólo por no contrariar a su padre. Para ellas sólo soy la chica para todo. Experto contable, chofer, cocinera, ama de llaves...

Es curioso que dos vidas tan distintas puedan resumirse con tres palabras: "ama de llaves". Porque de nada sirve engañarse. Ana es también un ama de llaves de lujo. Pagada con modelos exclusivos y con joyas pues el rango del marido lo exige; Ana le sirve de escaparate.

De todas maneras las piedras preciosas son una buena inversión si se sabe comprar y a condición de no estar con el agua al cuello cuando se quieren vender. Además de ser para siempre, los diamantes se compran secretamente y se transportan en un bolsillo. Nunca se sabe lo que puede ocurrir. —"Si me pasa algo estará a cubierto ante la necesidad, darling". Porque el marido tiene varios hijos, poco más jóvenes que Ana, que esperan impacientemente que el padre estire la pata para impugnar su testamento y que están decididos a incoar proceso tras proceso contra Ana.

Los diamantes al menos escaparían al reparto. Si el marido no los vende antes de morir.

—A veces antes de dormirme, ya medio inconsciente, —dice Esperanza, veo sentado bajo un árbol frondoso a una niña solitaria que me da la espalda y sin saber por qué me siento infinitamente acongojada. Otras veces la misma niña se va sobre bre un pequeño y viejo asno por un camino estrecho. Se aleja más y más, la distancia la empequeñece... La llamo a gritos, pero continúa indiferente su camino hasta desaparecer en un bosque. Nunca he visto su cara, pero al verla alejarse me da la impresión de que la niña se lleva algo muy mío, muy precioso y muy vital. El mundo me parece entonces un desierto, siento como si hubiese perdido todos estos años y lloro porque no puedo volver atrás.

La confesión atenaza el corazón de Ana.

Esperanza rememora con nostalgia el cariño desmedido que sentía hacia la madre, las pasiones turbulentas que los niños de su edad despertaban en ella, sus primeros desengaños de amor... ¡Inconsolables y deliciosas penas! Pero sus hijas no tienen pasiones; el menor soplo barre sus desengaños de amor. ¡Y al siguiente! Son tan cerebrales, tan duras. ¡Son extranjeras!

—Ya no hay niños.

—Viven para ellos, no son ni solidarios entre ellos. Acuérdate cuántas veces nos hemos peleado en la calle para defender nuestro nombre.

En fin, algunas veces Ana se dejó implicar en peleas callejeras para equilibrar el combate provocado por sus hermanas que supervaloraban sus fuerzas. Esperanza era muy susceptible y si alguien aseguraba que su padre no era el más listo, el más alto, o el más guapo... ¡La que se armaba!

—Teníamos sentido de la familia, estábamos orgullosas de nuestro nombre. En nuestra familia...

Al hablar de "su familia" Esperanza se refiere siempre a los padres y a las hermanas. Ana se guardaba bien de hacérselo observar, pero Esperanza ha interceptado la observación.

—Es verdad que los míos han sido siempre mis padres y mis hermanas, con los que tenía unas afinidades que no tengo con mis hijas ni con mi marido. ¡De verdad que no tengo nada en común con ellos!

A las hijas les gusta otra música, otros libros, otros pasatiempos... No quieren compartir con ella la nostalgia de las patatas a dos céntimos el kilo, de la carne a veinte céntimos...

—Probablemente es culpa mía. He sido demasiado débil con ellas. Además mi marido está del lado de sus hijas.

Si hubiese sido intransigente como la muerta, —piensa Ana, tal vez habría conseguido hacer vivir a sus hijas anacrónicamente. Porque lo de las patatas a dos céntimos el kilo era antes de la guerra del catorce y pertenece a los recuerdos, más o menos fiables de los padres. O tal vez de los padres a los padres. Igual que las noches de gala en la Opera, a las que asistían los reyes y el bisabuelo, que tenía un palco permanentemente reservado; el recuerdo de los hombres cuidadosamente embozados por inmensas capas que garantizan su anonimato y los paseos en calesa por la Castellana durante las fiestas de San Isidro, que las hermanas "recordaban perfectamente" sin haberlos vivido. Y el recuerdo del padre de la madre que pagó mil duros para pasearse, también en calesa y por la Castellana, con la Niña de los Peines. La guerra de Cuba, la derrota de Martínez Campos... La revista "Blanco y Negro", con maravillosas ilustraciones en colores, que el padre compraba a precio de oro en las librerías especializadas, y que fueron las únicas revistas que entraron en casa.

Las únicas fotos de la familia llegadas a sus manos fueron las de los bisabuelos. Arrogantes hombres con impresionantes bigotes y barbas, mujeres "imponentes" encorsetadas... Para los padres nada valía tanto como el remoto pasado en él que se habían construido un nido confortable para olvidar las dificultades y la mediocridad del presente. ¡Y esta pobre idiota se lamenta porque las hijas tiene los ojos puestos en el presente y en el porvenir!

—Lo más extraño, y que parece obra del diablo, es que mis hijas piensan y hablan como tú. A veces las oigo y creo oirte. ¡A la mayor la llamo siempre sin querer por tu nombre! Las dos son dos dos cardos borriqueros, como tú. No soportan ni mis atenciones, ni mis cuidados, ni mis consejos, ni que las arrope en la cama... ¡Ni siquiera me dejan cuidarlas cuando se ponen enfermas! ¡Qué lucha para hacerles tomar una tisana! Dicen que exagero. Que si pudiese las convertiría en enfermas crónicas por el placer de ponerlas supositorios y darles aspirinas. ¡Y jamás se quejan de nada! Si nos las vigilase estrechamente saldrían a la calle con cuarenta de fiebre. ¡Como tú hiciste más de una vez!

¡Cómo la madre que las vigilaba estrechamente y de vez en cuando ponía la mano sobre la frente de sus hijas y la desgraciada que tuviese unas décimas de fiebre era condenada a soportar los desvelos de la madre, que se asustaba por nada y que, cuando conseguía acostar a una de las hijas, lloraba por todos los rincones. Tomaba tantas precauciones para que nadie viese sus lágrimas, que la familia no podía ignorarlas, todo el mundo se alarmaba y la enferma creía haber llegado al final de sus días poniéndose verdaderamente mala por el miedo.

Tanto cuento por unas simples anginas. O por una indigestión. O por nada.

Pero la única vez que Ana se sintió verdaderamente enferma, no se llamó al médico y se salvo porque tenía veinte años, una excelente complexión y muchas ganas de vivir.

Para no decepcionar a la madre, las hijas acabaron enfermas crónicas. Nada grave, pero andaban siempre pachuchas y con achaques misteriosos.

En la casa flotaban vapores de las muchísimas cocciones hechas con hierbas recogidas en la montaña. El olor a mostaza de las cataplasmas y a eucaliptos, que la madre hacía hervir "para sanear la atmósfera, daba náuseas a Ana.

Como las hierbas medicinales, las cataplasmas, las purgas y las lavativas no afectaban a la salud de las hijas, la madre las arrastraba de dispensario, sobre todo a Esperanza tan pálida y delgada, y aunque le aseguraban que la hija no tenía nada, continuó considerándola una futura presa de la tuberculosis y le ponía el termómetro mañana y noche y la obligaba a hacer comidas pantagruélicas a base de judías, lentejas patatas y pan que la producían flato.

El caso es que, ya cansada, Esperanza comenzó a temer estar tuberculosa y a exigir frecuentes exámenes completos. ¡Al fin sus temores se cumplieron! En el último chequeo los médicos la encontraron cierta predisposición a la tuberculosis y la pusieron en tratamiento preventivo durante un año.

"Con tanto empeño, acabará verdaderamente enferma, —pensaba Ana. Lo importante es ser constante"!

De madre a hija heredaban los mismos fantasmas de muerte, y Esperanza arrastraba a sus hijas de dispensario en dispensario.

* * *

En aquella atmósfera de miseria física, Ana creyó que todas las mujeres eran seres dolientes, eternamente extreñidas, padeciendo aerofagia y flato y que pagaban sus pecados con reglas dolorosas que les impedían llevar una vida normal en quince días al mes.

"Triste condición la de la hembra", decía la madre resignada.

Ana sin querer resignarse, renegaba de su condición de mujer. Hasta que huyó lejos y pudo olvidar el olor de las infusiones de hiedra, manzanilla, romero, boldo, fresno, ortigas, romero, etc., y dejó de lamentar pertenecer al sexo femenino que, en lo que la concernía, no tenía nada de débil.

* * *

¿Sabes? Creo que Dolores está loca.

—Tal vez, —contesta Ana escéptica. Aunque es sorprendente que salga siempre beneficiada de sus locuras. Pero algún día pinchará en hueso y acabará en la cárcel. Quizás se cumplirían las predicciones del padre que, ya de niñas, aseguraba que eran carne de presidio. Mas sus pronósticos sólo concernían a las hijas pequeñas.

—Fuese lo que fuese, era nuestro padre, recuerda Esperanza muy a tiempo.

Y no tenían otro de recambio. Aunque siempre se tienen varios padres. Los que se hubiera querido tener, los que se tienen realmente y los que se cree tener.

El drama era que el mundo estaba lleno de huérfanos de todas las edades. Hombres y mujeres, jóvenes y viejos, que lloraban por los padres que no habían tenido. Millones de seres condenados a pasarse la vida buscando un amor desinteresado porque el día de su nacimiento los padres ideales no habían acudido a la cita!

A veces Ana se sentía tan desamparada como un recién nacido; le atenazaba la garganta el deseo de llorar ese primer amor doblemente imposible. Esa maldición que pesa sobre los seres que no han sido deseados, que están de más. Despojados de ternura al nacer. Indeseados e indeseables, en todos los lugares son forasteros.

Felizmente la ternura anda suelta por esos mundos y la puedes encontrar a la vuelta de cualquier esquina, a condición de saber reconocerla y apoderarse de ella. ¡Cuantísima ternura hay en el único ojo de su bebé gato que en estos momentos duerme plácidamente. Si se atreviese hablaría de él a Esperanza... pero no la comprendería. Desde que tiene hijas se siente dispensada de amar a los animales y se pasa su tiempo reconstituyendo su vida con piezas de diferentes puzzles. Tan ocupada está, que ha olvidado establecer una comunicación con sus hijas, a las que no puede dar lo que no tiene, porque la madre no había sido un buene ejemplo su madre, ¿qué otro ejemplo seguir?

Desamparada ofrece a sus hijas lo mejor que encuentra en el mercado. Telescopios para que miren hacia otro sitio, relojes digitales para que no olviden el paso del tiempo que huye, microscopios para que observen los microbios que bullen por doquier; televisores que les ahorren las molestias de vivir...

—¡Me asusto de mí misma! A medida que pasan los años me siento más y más identificado con mamá. A veces tengo la impresión que la llevo dentro... que se ha apoderado de mí... sobre todo desde que ha muerto... parece cosa de brujería...

—Es normal que nos quede algo de ella...

—¡Es más que algo! Mira, no soporto que los hombres miren a mis hijas. Es como si leyese sus sucios pensamientos. Mis hijas son unas inocentes y no se dan cuenta de toda la porquería que hay en este cochino mundo. La mayor se puso como una fiera porque le quité los bikinis que la enviaste... No quiere comprender que lo hice por su bien y no para ponérmelos yo. Aunque me los pongo, porque son muy bonitos y sería una lástima derrochar el dinero... A mí me da igual que me miren los hombres, pero no quiero que babeen mentalmente a mis hijas. ¿Sabes lo que escribió recientemente la mayor en su diario? "Mi madre es una zorra y se muere de envidia porque los hombres me admiran y a ella no la hace ni caso". ¡Me odia!

—Es sólo un pequeño conflicto entre dos generaciones.

—Nosotros nunca hubiéramos pensado esas cosas de madre.

—Son otros tiempos. Deberías mostrarte más abierta.

—¿Más abierta? Les he dado todo cuanto podía darles. Nunca han pasado hambre como nosotras, no saben lo que es no poder salir por no tener qué ponerse, les doy estudios... ¿Qué más quieren? Enseñé a mi marido el diario de mi hija y se puso hecho una fiera. Era la primera vez que la pegaba pero te aseguro que no olvidará las bofetadas y no hablará más de ponerse un bikini, ni de ir a la piscina con sus amigas.

—Dentro de un año será mayor de edad.

—Tendré que aguantarme. Pero mientras tanto hará lo que yo mande. No es mala chica... son las relaciones. No puedes figurarte cómo está de corrompida la juventud. Las amigas de mis hijas son todas unas viciosas.

¡La madre! ¡Siempre la madre!

—¿Me desapruebas?

—No tengo nada que aprobar o desaprobar.

—Yo sólo quiero el bien de ellas.

¡La madre!

¡He sacrificado todo por ellas!

¡La madre!

—Quizás hayas hecho bien en no tener hijos. Un gato o un perro plantean menos problemas, cuestan menos dinero y dan más satisfacciones.

¡Un gato!

—Ana se levanta bruscamente, se lleva a Esperanza al hotel y la deja plantada en el hall.

Esperanza, se siente aliviada de poder lavarse en un lugar que parece limpio. Pero para abrir y cerrar el grifo se protege la mano con una servilleta de papel.

* * *

Al abrir la puerta de la habitación una sensación de desolación la asalta. Un silencio diferente, cierto estancamiento. Un frío glacial.

Corre a la cama, el jersey sigue en su sitio, el gato permanece inmóvil, yerto. El silencio acentuado es el de un corazón que ha cesado de latir. ¿Quién hubiera creído que algo tan minúsculo ocupase ya tanto espacio en su vida?

Estrecha entre sus brazos al pequeño ser sin vida, se abandona a una pena sin límites, a esa pesadumbre que arrastra con ella de siempre y que súbitamente la desborda.

Las lágrimas inundan su cara y empapan el cuello de su blusa. Nadie podría creer que esta mujer tan entera tuviese tantas lágrimas guardadas.

Pero todas las lágrimas del mundo le parecen insuficientes para calmar su tristeza. Un torrente, un diluvio de lágrimas no aliviarían su pesar.

***

Contempla con asco sus manos deseperadamente sucias y, súbitamente, se siente demasiado cansada para hacer el esfuerzo de lavárselas una vez más. Hace tanto tiempo que lucha para conservarlas limpias! Una maldición pesa sobre ella que la condena a ver todo sucio. ¡Dios mío, cuánta porquería! ¡Y cómo se siente de perdida y desamparada!

Volver a su casa a interpretar el papel de esposa y madre le parece una tarea abrumadora. Ella sólo es una hija privada siempre del cariño de la madre, una hija desesperadamente huérfana.

* * *

Una hermana, sentada sobre la cama, estrecha contra su corazón el cuerpo del animal muerto; la otra se siente perdida en el inmenso salón desierto, porque es la hora de cenar. Las dos lloran desconsoladamente.

Esperanza torturada por los recuerdos de la infancia que desaparecen con la madre. Unos recuerdos que le han hecho ser indulgente con las hermanas, únicos testigos del pasado que huye, como la niña que se aleja sobre el asno por aquel camino que Dios sabe a dónde lleva y que tal vez no lleve a ningún sitio.

¡Ana llora, llora y llora! Son esos recuerdos que no consi-

170

gue ahuyentar los que han acumulado tantas lágrimas; el llanto silencioso oprimía su corazón desde el día de su nacimiento, que como repetía la madre sin cesar, fue el más aciago de su vida.

Y casi al unísono las dos hermans se preguntan desesperadas: ''Madre, madre ¿por qué no me quisiste?

FIN

COLECCIÓN PARADISO DE NOVELA

D1   600 pts.   800 $
David Viñas. LOS DUEÑOS DE LA TIERRA.

D2   650 pts.   8.50 $
Julio Vélez. EL BOSQUE SUMERGIDO. Premio "Alcorcón de Novela Corta", 1983.

D3   650 pts.   8.50 $
Angel García Fernández. ALARIDOS.

D4   650 pts.   8.50 $
Alberto Omar. EL TIEMPO LENTO DE CECILIA E HIPÓLITO. Premio "Novela Corta Ciudad de La Laguna", 1984.

D5   800 pts.   10.00 $
Antonio Ferres. LA VORAGINE AUTOMÁTICA.

D7   1.000 pts.   12.00 $
Luis León Barreto. LOS DIAS DEL PARAÍSO.

D8   1.000 pts.   12.00 $
Rubén Caba. LA PUERTA DE MARFIL.

D9   900 pts.   11 $
Manuel Terrín Benavides. GRANDEZA Y FIN DE LA MOHEDA ALTA.

Toda la fuerza lingüística y lírica de uno de los poetas más premiados de España se vierte en este novela, donde la emoción del campo y la vida del campesino español reciben un tratamiento estilístico rara vez registrado dentro de nuestra literatura.

D10   1.000 pts.   12 $
Alberto Omar. EL UNICORNIO DORADO (Premio Nacional de Novela "Benito Pérez Armas", 1988).

Ganadora de uno de los premios nacionales más prestigiosos, representa esta novela a la vez una cumbre de la novela canaria y española actual. Con un tono intimista rara vez conseguido, todo el laberinto de la existencia humana es evocado en estas páginas a través de los recuerdos de infancia, el amor y sus derrotas, y el ineludible pasar del tiempo.

D11   1.000 pts.   12 $

Alice Guerra. VIAJERA HACIA LA MUERTE.

Primera novela de una reconocida dramaturga de lengua francesa, sometiendo ahora el suspense dramático a una trata de crimen, no se queda esta obra, sin embargo, dentro de los usuales límites de la llamada novela negra, sino que dicha trama sirve para plantear una problemática humana a plena profundidad, que en este caso es el papel de la mujer dentro de la actual sociedad.